Herbert Klump · Die verlorene Brosche

Herbert Klump

Die verlorene Brosche

und 26 weitere Kurzerzählungen

Die Deutsche Bibliothek – CIP-Einheitsaufnahme

Klump, Herbert:
Die verlorene Brosche und 26 weitere Kurzerzählungen / Herbert Klump. – Lahr : Johannis, 1992
(TELOS-Bücher ; 698 : TELOS-Großdrucktaschenbuch)
  ISBN 3-501-01170-9

ISBN 3 501 01170 9

TELOS-Bücher
TELOS-Großdrucktaschenbuch 70 698
© 1992 by Verlag der St.-Johannis-Druckerei, Lahr
Umschlagfoto: E. Van Hoorick
Gesamtherstellung:
St.-Johannis-Druckerei, 7630 Lahr/Schwarzwald
Printed in Germany   10883/1992

Inhalt

Vorwort	7
Du Mörderteufel	8
Schönschreiben	11
Allein zurückgeblieben	14
Das entlaufene Schaf	17
Unser altes Pferd	21
Mutters Mantelknopf	25
Die Sonnenfinsternis	29
Den lassen wir sitzen!	32
Da ist es viel schöner	34
Die Gott lieben werden sein wie die Sonne . . .	38
Eine Zeit der Vorbereitung	41
Ein Schäfchen verloren	44
Er hieß Robert	48
Sie nannten sie »Rösli«	51
Die Straßenbahnführerin von Recklinghausen	54
AIDS – die tötliche Krankheit	58
Im Walde verirrt	62
Der Mann mit der Bierflasche	65
Sie nennen ihn »Iwan«!	68
Der Brief aus Australien	75
Die verlorene Brosche	78

Die Lebenswende	81
Es war unsere Putzfrau	85
Der Ziegelstein auf der Kanzel	88
Ein völlig veränderter Mensch	91
Tote Zeugen	94

Vorwort

In meinem zweiten Buch möchte ich das fortsetzen, was ich in meinem ersten begonnen habe. Kurze Erlebnisse und Beispielgeschichten sollen auf besondere Situationen in unserem Leben hinweisen. Diese Situationen habe ich versucht in das Licht der Bibel zu stellen und sie so mit Gott und Jesus Christus in Verbindung zu bringen.

In unserer Zeit sucht der Mensch immer wieder seine Probleme selbst zu lösen. Dabei verstrickt er sich oft um so mehr in eine Not, die ihn fast verzweifeln läßt. Hilfe ist nötig, aber wo kommt sie her?

Der lebendige Gott bietet umfassende Hilfe an. Sein Wort, der Glaube an ihn und Menschen sind ganz wichtige Gehilfen Gottes. Wer sie in Anspruch nimmt, wird immer getröstet und beschenkt und bekommt dadurch trotz aller Zwänge den Freiraum zur Freude und zu einem Neuanfang.

Möge dieses Buch, dem der es liest, eine Hilfe und Ermutigung zum Leben und Glauben sein. Wem es eine Hilfe war, der sollte es weitergeben an andere, die neuen Lebensmut brauchen.
                                         Herbert Klump

Du Mörderteufel

Der Freund meiner Kindheit hieß Artur. Er war ein feiner, prächtiger Kerl. Mit ihm konnte man Pferde stehlen. Wir hatten nie Streit miteinander und haben gemeinsam viele Abenteuer erlebt.

Jetzt sehen wir uns sehr selten, denn Artur wohnt mit seiner Familie in Hamburg und hat dort in seinem Beruf eine gute Position. Er war damals der einzige in unserer Klasse, der in den Genuß kam, eine höhere Schule zu besuchen. In den Kriegs- und Nachkriegsjahren war das eine Seltenheit, besonders auf dem Dorfe.

Es war in den ersten Schuljahren, heute spricht man von der Grundschule. Wir spielten zusammen in unserem Hofe im Sand. In diesen Jahren waren wir Kinder auf, aus heutiger Sicht, primitive Spielsachen angewiesen. Der Sand war feucht und festgetreten. So versuchte ich mit einem alten, stumpfen Beil den Sand etwas zu lockern, damit er zum Spielen wieder brauchbar würde. Artur saß mir gegenüber und wartete, bis ich mit meiner Arbeit fertig wäre. Dabei beugte er sich etwas zu weit nach vorne, so daß ich ihm das Beil auf den Kopf schlug. Kinder handeln ja oft sehr unüberlegt. Die Wunde blutete, schnell liefen wir zu Arturs Mutter, und dann ging es sofort zur Gemeindeschwester. Diese legte, nachdem sie die Wunde behandelt hatte, Artur einen solchen Kopfverband an, daß nur noch sein Gesicht zu sehen war. Er sah fast aus wie eine Mumie. Trotz allem Ernst ein Anblick zum Lachen.

So ging Artur am nächsten Morgen zur Schule. Natürlich fragten alle, was denn passiert sei. Um seinen Freund zu entlasten, hat Artur die Sache ziemlich verharmlost. Nun saßen wir in der Klasse. Der Lehrer kam herein, ein Mann, der mit seinen besonderen Ausdrücken nie sparte, obwohl er sonst sehr vornehm aussah. Als dieser Artur sah und der Verursacher des Unglücks ihm bekannt war, kam er wütend auf mich zu und schrie: »Du Mörderteufel!« Alle in der Klasse erschraken sehr, das war ein schlimmes Doppelwort: Mörder und Teufel. Ja, wäre das Beil, mit dem ich meinem Freund ungewollt auf dem Kopf einen Scheitel zog, scharf gewesen, ich wäre sicher zum Mörder geworden. Gott hat gnädig darüber gewacht, daß alles noch gut wurde. Als dann der Verband nach einigen Tagen entfernt wurde, war ganz schnell das böse Wort des Lehrers vergessen.

Heute, nach vielen Jahren fällt mir dieses Wort wieder ein. Die Bibel gebraucht das Wort Teufel sehr häufig. Er ist der große Widersacher Gottes, der auch der Mörder von Anfang an genannt wird. Er ist darauf aus den Menschen kaputtzumachen. Erst verspricht er ihm das glückliche Leben, und dann läßt er ihn ins offene Messer laufen. Süchte und Leidenschaften sind die Geheimwaffen des Teufels. Er verspricht den Himmel und macht den Menschen reif zur Hölle. Viele Theologen sagen heute, es gäbe den Teufel nicht, darüber freut er sich besonders, denn um so mehr kann er sein böses Spiel treiben. Ein Glück, daß es Jesus gibt. Er ist stärker als der Teufel und seine Diener. Was er verspricht, das hält er auch. Er verspricht nicht nur den Himmel, sondern hat auch den Weg dazu bereitet. Es gibt nur diesen einen Weg. Wer an Jesus glaubt, hat hier schon ein Stück Himmel.

Schönschreiben

Gerne denke ich an meine Schulzeit zurück, obwohl sie in den Kriegsjahren war und auch manche Tücken für mich hatte. Ob ich ein guter Schüler war, können sicher nur meine Lehrer bezeugen – oder auch die Zeugnisse im wahrsten Sinn des Wortes. Vorschnell auch mit dem Munde sei ich, hatte einmal eine Lehrerin gesagt. Bestraft wurde ich auch, besonders während der ersten Schuljahre. Dies geschah nicht nur in Form von Nachsitzen oder Strafarbeiten, sondern auch mit dem Stock. Es hat ganz schön wehgetan, wenn der Lehrer den Kopf nach unten drückte, die Hosen stramm zog und dann den Stock auf meinen Hintern sausen ließ.

Ich habe es ganz gut überstanden, geschadet hat es mir nicht. Auch hatte ich nie den Eindruck, ungerecht behandelt zu werden. Heute denkt und handelt man anders, ob es gut ist, wird die Zeit lehren oder hat es schon gelehrt.

Auf unserem Stundenplan stand Schönschreiben. Der Lehrer holte unsere Hefte aus seinem Schrank und gab einer Schülerin den

Auftrag sie zu verteilen. Nun hatten wir es vor uns liegen, das saubere Heft, in das nun schön geschrieben werden sollte. Ein Text wurde uns vorgegeben, und dann ging es los mit Federhalter und Tintenfaß oder auch mit einem Füller, Produkt Kriegsware. Mit der Überschrift ging es noch ganz gut, doch dann war er da, der Klecks, ein dicker, fetter Klecks. Schnell das Löschblatt, dann der Radiergummi, Tintenlöscher gab es damals noch nicht.

»Klump, was hast du?« so klang plötzlich die Stimme des Lehrers. »Herr Lehrer, mir ist etwas Schlimmes passiert, ich habe einen Klecks gemacht.« »Du Schafskopf, warum paßt du nicht auf?« schrie der Lehrer ärgerlich. »Wir wollen doch Schönschreiben, und dann versaust du schon gleich die erste Seite.« Ich habe dann ganz vorsichtig die erste Seite aus dem Heft gerissen, natürlich ging sofort das letzte Blatt mit heraus. Ich wußte, daß ich das keine zehnmal machen konnte, denn dann waren vom Heft nur noch die Deckel da. Nun ging ich ganz vorsichtig zu Werke und gab mir viel Mühe, daß das Unglück des Kleckses nicht wieder passierte.

Unser Leben und eigentlich jeder Tag ist wie die Seiten in einem Heft. Schöne weiße

Seiten. Und dann sind plötzlich die Kleckse da, große und kleine. Wir erschrecken und sind ratlos. Können wir so vor Gott bestehen. Vieles kann man vor Menschen verbergen, aber vor Gott nicht. Eigentlich ist es ganz einfach, ich kann mit meinen Klecksen zu Jesus kommen und sie ihm zeigen. Er brüllt uns nicht an, wie ein Lehrer (natürlich nicht alle) es tun kann. Nein, er zieht uns liebevoll an sich und sagt: Komm, wir nehmen die Seite heraus, dann kannst du wieder neu anfangen, mein Heft hat viele Seiten, viel mehr Seiten als du brauchst. Doch ich will dir helfen, daß die Kleckse weniger werden. Ich bitte dich, komme immer zu mir und sag es mir, wenn ein Klecks da ist. Ich habe einen Tintenlöscher, mein Blut, das ich für dich am Kreuz vergossen habe. Wenn du den benutzt, wirst du die beste Note am Ende bekommen.

Allein zurückgeblieben

Ein »Stromer« ist einer, der immer unterwegs ist und selten zu Hause. So wurde ich als Junge oft von meiner Mutter bezeichnet. Kaum war nach dem Mittagessen der Löffel aus dem Munde und das Dankgebet gesprochen, sprang ich vom Tische auf, um zu meinen Freunden zu eilen. Da ich auf dem Lande aufwuchs und selbst ein Bauernjunge war, so mußte ich, wenn es galt, in Feld, Garten und Stall mit Hand anlegen. Dies hat mir nicht immer gefallen, denn damit wurden meine Pläne zum Stromern oft durchkreuzt. Auch abends, wenn meine Eltern und Großeltern am Füttern waren, war ich gerne noch unterwegs.

So war es auch an jenem Abend, von dem ich nun erzählen möchte. Gerade war ich von unserem Pferdewagen gesprungen, der vom Felde kam und in unseren Hof einbog, schon war ich wieder auf dem Wege zu meinem Freund. Die Mutter rief mir noch nach, um 18 Uhr aber zu Hause zu sein. Dies hatte ich aber nur mit halbem Ohr gehört. Bei meinem Freund, der sehr interessante Spielsachen hatte, vergaß ich die Zeit. Wenn ich mich recht erinnere, war auch in dieser Wohnung die Uhr stehengeblieben, denn immer wenn ich daraufschaute, war es kurz vor 18 Uhr. Die Dämmerung draußen ermahnte mich, nun doch endlich aufzubrechen, nachdem ich auch mit großem Schrecken festgestellt hatte, daß die Uhr wirklich stand. Ich rannte nun in dunkler Ahnung nach Hause. Die Haustür war verschlossen. Das war nichts Neues, so begab ich mich zur Hintertüre, die zum Hof führte. Auch diese Türe war verschlossen und kein Mensch weit und breit zu sehen. Ich stieg auf den Mauersims und schaute durch die Fenster in unsere Wohnung. Niemand war zu sehen. Mich durchfuhr ein heißer Schreck. Immer wieder hatte ich in Gesprächen bei Tisch oder auch in den Bibelstunden unserer Gemeinschaft davon gehört, daß bei der Wiederkunft Jesu die Gläubigen entrückt, also von Jesus weggeholt würden. Nun glaubte ich, dieser Zeitpunkt sei gekommen und ich sei durch meinen Ungehorsam zurückgeblieben. Der Verzweiflung nahe, versuchte ich ein Letztes, um ganz sicher zu sein, daß dieser Zeitpunkt noch nicht gekommen war. Mit aller Kraft riß ich an der Klinke der Hintertüre und trat mit voller Wucht mit dem Fuß dagegen. Plötzlich wurde ich von hinten gepackt, und ein Stock sauße auf meinen Hintern. Als ich mich erschrocken herumdrehte sah ich, daß es mein Vater war, der durch die Haustür gekommen war. Der Schmerz der Rute war sehr groß, aber die Erleichterung noch größer, daß die Entrückung noch nicht stattgefunden hatte.

Sie wird aber eines Tages stattfinden, das ist ganz sicher, denn Gottes Wort sagt sie uns voraus. Es geht hier nicht um eine Angstmacherei, sondern darum, daß aufgrund dieser Tatsache es sehr ratsam ist, sein Leben schon hier darauf einzustellen. Wer bewußt in der Nachfolge Jesu lebt und dabei täglich mit ihm in Verbindung ist, der ist bereit.

Das entlaufene Schaf

In unserem Dorf, in dem ich aufwuchs, gab es viele Schafe. Ihre Wolle war besonders in und nach den Kriegsjahren sehr begehrt. Baumwolle gab es damals nicht. Im Winter wurde in den Dörfern fleißig gesponnen und auch gestrickt. Ich habe als Junge beides versucht, bin aber damit nicht sehr weit gekommen. Das Spinnen ging dabei schon eher als das Stricken. An den Winterabenden trafen sich in den Häusern Nachbarn, Freunde und Verwandte in den Strick- oder auch Spinnstuben zu einem geselligen Zusammensein. Hier wurden die neuesten Neuigkeiten verhandelt, von der großen Politik, bis zu den hautnahen Ereignissen im Dorfe selbst. Fernseher gab es nicht, die ja heute oft ein solches Miteinander unmöglich machen.

Nun zurück zu den Schafen. Es gab bei uns eine Gemeindeherde und einen Gemeindeschäfer. Im Sommer blieben die Schafe Tag und Nacht draußen. In den Wintermonaten kamen sie nachts in die heimischen Ställe. Gegen Mittag ging der Schäfer dann pfeifend durchs Dorf, um die Herde zu sammeln. Am

Abend kamen die Schafe immer von der gleichen Seite ins Dorf zurück, damit sie die Orientierung behielten. Der Schäfer kannte erstaunlicherweise alle Schafe, und die Schafe kannten ihre Ställe. Jedes Schaf wußte, in welchen Hof es bei der Rückkehr zu laufen hatte. Somit sind Schafe klüger als ihr Ruf.

Eines Abends stand ich an der Straße vor unserem Hof. Die Herde kam zurück ins Dorf. Dabei bogen die einzelnen Schafe in die jeweiligen Höfe ein. Es war sehr interessant zu beobachten, wie sie sich von der Herde lösten. Zwei unserer Schafe taten dies auch, aber das dritte lief einfach vorbei. Was war mit dem Schaf los, hatte es die Orientierung verloren? Ich lief gleich hinterher, hatte es aber durch die übrige Herde dann schnell aus den Augen verloren. Meine Suche auf den Straßen und in den Höfen blieb ohne Erfolg. Das Schaf war verschwunden. Dann sagte mir jemand, ein Schaf wäre aus dem Dorf gelaufen. Es wurde bereits dunkel, und damit mußte die Suche aufgegeben werden. Am nächsten Tag suchten wir weiter in den Feldern und nahen Wäldern bis hin in die Nachbardörfer. Auch dieses blieb ohne Ergebnis, so daß wir schließlich traurig die Suche einstellten. Nach und nach gaben wir die Hoffnung auf, unser Schaf je wiederzusehen. Wo wird es sein? Wie wird es ihm ergehen so allein bei Nacht in der Fremde? Es vergingen einige Tage, ohne daß wir etwas von unserem Schaf hörten. Da, eines Nachmittags geschah etwas Unfaßbares. Plötzlich kam unser Schaf in den Hof gestürmt und blieb blökend vor seinem Stall stehen. Wir liefen schnell aus dem Haus und öffneten die Stalltüre. Zerzaust und erschöpft legte sich das Schaf schnell nieder. Wir brachten ihm Wasser und Futter und ließen es nun allein. Die ganze Familie war glücklich, das Schaf wieder zu haben. Am Abend kamen dann die restlichen Schafe dazu. Nun waren sie alle wieder zusammen. Doch unsere Freude war nur kurz, denn am nächsten Morgen lag unser Schaf tot im Stall. Es war gekommen, um zu Hause zu sterben. Die Aufregung, das Heimweh und die Freude, nun endlich wieder den Stall gefunden zu haben, waren sicher zuviel für das Schaf.

Jesus erzählt in einem Gleichnis von einem verlorenen Schaf, das der Hirte suchte und fand und auf den Schultern nach Hause trug. Seine Freude, sein Schaf gefunden zu haben, war bei dem Hirten so groß, daß er es allen Menschen erzählte, denen er begegnete. Dieses verlorene Schaf durfte zur Herde zurückkommen, um hier zu bleiben und sich zu freuen. Kein Mensch, der zum Vater im Himmel zurückkehrt, kehrt heim, um zu sterben. Wer so heimkehrt, kehrt zum Leben und zur ewigen Freude heim. Heim, um beim Vater glücklich zu sein mit den anderen, die ebenfalls heimgekehrt sind. Bist du, lieber Leser, schon heimgekehrt?

Unser altes Pferd

Pferde sind wunderbare Tiere, ich habe sie sehr gerne. Sie riechen so gut und haben zarte Mäuler und Lippen. Als Kind habe ich unser Pferd oft geküßt. Bis der Traktor bei uns zu Hause Einzug hielt, hatten wir immer ein Pferd. Besonders liebte ich das Pferd meiner Kindheit, es war ein Halbblut, rotbraun und hieß Max. Ich durfte auf ihm reiten und ihn zur Weide führen. Max war etwas ängstlich. Wenn wir gegen Abend noch auf dem Felde waren und die Dämmerung hereinbrach, hatte er es immer eilig, nach Hause zu kommen. Oft mußte mein Vater ihn am Kopf führen, damit er nicht außer Kontrolle geriet. Max ist ungefähr dreißig Jahre alt geworden. Das ist für ein Pferd sehr viel. Mit zunehmendem Alter brauchte er Hilfe beim Ziehen. So kam zunächst eine, dann noch eine zweite Fahrkuh dazu. Schließlich mußten wir ihn dann aus Altersgründen hergeben, und sein Nachfolger kam.

Aber ich möchte noch ein wenig bei Max bleiben. Während der Krieges fanden in unserem Dorf immer wieder Pferdemusterungen statt. Die Bauern mußten die Pferde gut gefüttert und gestriegelt an einen bestimmten Ort bringen. Hier standen sie dann in Reihe und Glied und wurden von einer Kommission beurteilt. Ihr Körper wurde begutachtet, und ihnen wurde in das Maul geschaut, weil an dem Gebiß das Alter festzustellen ist. Wie haben wir dann immer um unseren Max gebangt, und wie gut war es, daß er schon so alt war. Andere Pferde mußten in den Krieg. Sie sind nie wiedergekommen, wie auch viele Männer.

Es war in den letzten Kriegstagen. Um unser Dorf standen vier Geschütze der deutschen Wehrmacht. Nachts ballerten sie los zum Angstkriegen. Wir saßen in unserem Keller, und der Amerikaner kam immer näher. Eines Nachmittags kamen einige Soldaten in unseren Hof. Sie wollten Max sehen, denn er würde gebraucht, um Material zu transportieren. Meine Großmutter schilderte Max in den schlimmsten Unarten: er schmeißt und beißt und ist zu alt. Es nützte alles nichts, denn am Abend wurde Max von ihnen angeschirrt und abgeholt. Wir waren alle sehr traurig. Ich habe in die Kissen meines Notbettes im Keller geweint. In der Nacht brüllten die Kanonen, die um unser Dorf in Stellung waren. Feindliche Geschosse schlugen Gott sei Dank nur in den Feldern ein. Ich hatte Angst und dachte unentwegt an Max. Da, es mag ein oder zwei Uhr gewesen sein, hörten wir im Hof Pferdegetrappel. Die Stalltüre ging, Männerschritte entfernten sich. Vorsichtig schlich Großmutter an den Stall. Als sie die Tür öffnete, sah sie einen zitternden, durchnäßten Max dort stehen, der ganz ängstlich um sich schaute. Gott sei Dank, er war wieder da. Es hat noch Tage gedauert, bis sich Max von dem Schrecken dieser Nacht wieder erholt hatte. Mein Onkel hat uns dann wenig später berichtet, warum unser Pferd in jener Nacht unbrauchbar war. Da, wo eins der Geschütze stand, sollte es mit einem anderen Pferd an einen Wagen gespannt werden, um Gerät beim Truppenrückzug zu transportieren. Als das Geschütz losballerte, war Max nicht mehr zu halten. Nur mit Mühe konnte man ihn noch ausschirren und zitternd nach Hause bringen. Nur noch wenige Jahre tat Max auf unserem Hof seine treuen Dienste, dann endete sein Lebens- und Dienstweg in einer Roßschlächterei.

In den Jungscharstunden haben mich Kinder oft gefragt, ob Tiere auch in den Himmel kämen oder ob es einen Hunde- oder Katzenhimmel gäbe? Von einem Tierhimmel steht nichts in der Bibel, aber von Gottes neuer Welt, auf der Tiere und Menschen im Frieden miteinander leben. Dort gibt es kein Morden und Töten mehr, und keiner muß mehr Angst vor dem anderen haben. Dieser Tage war ich mit meinen Enkelsöhnen in einem Tierpark. Da haben uns doch tatsächlich die Hirsche aus den Händen gefressen und sind uns, da kein Zaun da war, nachgelaufen.

Ich freue mich auf Gottes neue Welt, habe aber schon hier die Tiere lieb, nicht weil sie meine Brüder sind, sondern wunderbare Geschöpfe meines Vaters im Himmel. Meine Brüder und Schwestern aber sind alle die, die mit mir Jesus nachfolgen und nach dem Willen Gottes leben möchten.

Mutters Mantelknopf

In meiner Kindheit mußten viele Wege zu Fuß zurückgelegt werden, denn Busse und PKW fuhren in den Kriegsjahren selten oder gar nicht. Da war die »nassauische Kleinbahn« ein beliebtes Reisemittel. Romantik und Spaß gehörten bei einer Fahrt mit ihr einfach dazu. Wenn sie voll besetzt war und es ging bergauf, fuhr die Bahn manchmal so langsam, daß man fast nebenher laufen konnte. Für die, die in frischer Luft reisen wollten, hatte jeder Wagen eine Plattform mit einer Überdachung. In der Mitte der Wagen stand ein Ofen, damit die Fahrgäste im Winter nicht frieren mußten. Wenn es nötig war, überquerte die Bahn eine Straße. Auch das wäre heute nicht so einfach möglich.

Es war ein großes Erlebnis, einen Ausflug mit dem Bimmelbähnchen zu machen. An einem Sonntag im Sommer war es soweit. Meine Mutter, wir Kinder und noch andere Ausflügler marschierten früh am Morgen los, um in fünf Kilometer Entfernung den Bahnhof zu erreichen. Ein Ausflug zum Dreiburgenblick bei St. Goarshausen am Rhein war geplant. Am Bahnhof in Miehlen angekommen, trafen wir schon viele von Jugendbund und Gemeinschaft, die alle auf den kleinen Zug warteten. Als er dann schließlich keuchend ankam, stürmten alle auf ihn los, um einen guten Platz zu bekommen. Es war eine unvergeßliche Reise und ein herrlicher Tag, den wir erlebten. Als wir uns dann auf den Heimweg machten, zog ein Gewitter auf. Wir kamen noch glücklich in Miehlen an, da brach das Wetter los. Bei guten Freunden hatten wir dort Unterschlupf gefunden, die uns dann noch mit Regensachen versorgten. Der Gewitterregen hatte nachgelassen und ein sanfter Landregen folgte. Gut ausgerüstet machten wir uns nun zu Fuß auf den Heimweg, die Dunkelheit war mit Macht hereingebrochen. Trotz allem hatten wir unsere Freude – auch als es durch den dunklen Wald ging, denn es waren ja Erwachsene bei uns. Vielleicht 100 Meter vor unserem Dorf sagte meine Mutter plötzlich: »Jetzt ist mir der Mantelknopf abgegangen und auf die Straße gefallen.« Es war ein besonderer Knopf, groß in der Mitte mit dem Stoff des Mantels überzogen, also ein Knopf, den man sicher als Ersatz nirgends mehr bekam. Nun ging das Suchen los. Alle waren beteiligt, doch der Knopf fand sich nicht. Jemand hatte Streichhölzer dabei, und nun wurde ein Holz nach dem anderen angezündet, bis die Schachtel leer war, aber der Knopf fand sich nicht. Endlich gab man resigniert das Suchen auf. Meine Mutter war sehr traurig und überlegte sicher im stillen, was nun ohne diesen Knopf mit dem Mantel zu tun sei. Zu Hause angekommen wurde Vater und Großmutter der Verlust des Knopfes bekanntgegeben. Schnell wurde die Stallaterne gerichtet, die mit Petroleum brannte, und Mutter und Großmutter gingen zurück zum »Tatort«. Aber sie waren scheinbar nicht an der richtigen Stelle, denn trotz Stallaterne fand sich der Knopf nicht, und beide kamen enttäuscht nach Hause. Wer weiß, wo der Knopf inzwischen war. Ob wir in der Nacht vom Knopf geträumt haben, weiß ich nicht mehr, aber als der Tag anbrach, war meine Großmutter schon auf den Beinen und machte sich erneut auf die Suche. Schon nach kurzer Zeit kam sie freudig mit dem gefundenen Knopf zurück. Nicht weit von der Stelle, an dem sie ihn gefunden hatte, lag ein Häufchen mit abgebrannten Streichhölzern. So nahe war man mit dem Licht gewesen und hatte den Knopf doch nicht gefunden. Nun war die Freude groß, und der Knopf wurde schnell wieder an Ort und Stelle genäht. Wir hatten alles darangesetzt, den einmaligen wertvollen Knopf zu finden.

Wir sind jeder für sich vor Gott wertvoll. Durch die Sünde sind wir von ihm abgefallen und liegen irgendwo im Dunkel der Welt. Wir könnten sogar zertreten werden und dann unbrauchbar sein. Weil wir so einmalig sind, kann und will Gott nicht auf uns verzichten. Er hat sich nach uns auf die Suche gemacht und ist ständig noch unterwegs. Er setzt alles daran, uns zu finden. Er ist ja selber Licht und hat auch Jesus noch in seiner Hand, der gesagt hat: »Ich bin das Licht der Welt.« Hast du dich schon von ihm finden lassen, lieber Leser? Er will dich finden und zurückbringen und da festmachen, wo du eigentlich hingehörst. Das ist wunderbar. Keiner sollte dem Suchen Gottes ausweichen.

Die Sonnenfinsternis

»Heute ist eine Sonnenfinsternis«, sagte der Lehrer uns in der Schule. »Das kommt ganz selten vor. Ihr müßt es unbedingt sehen.« Er erklärte weiter, daß dann der Mond ganz vor der Sonne stünde und diese ganz verdecke. Nur an den Rändern würde sie noch etwas zu sehen sein, da die Sonne ja größer sei als der Mond. Wir waren hell begeistert und konnten es gar nicht erwarten, die Schule zu verlassen, um dieses Schauspiel zu sehen. Aber der Lehrer ermahnte uns ernstlich, nicht mit dem bloßen Auge in die Sonne zu sehen. Das würden die Augen nicht ertragen, wir würden dann sowieso nichts sehen und könnten sogar blind werden. Wir waren sehr enttäuscht. Warum hatte er uns erst auf dieses Ereignis aufmerksam gemacht, wenn wir es nun doch nicht sehen konnten. Wer hatte damals schon eine Sonnenbrille? Doch der Lehrer fuhr in seinen Informationen fort: »Ich kenne eine gute Möglichkeit, daß ihr die Sonnenfinsternis gut sehen könnt«, sagte er. »Man nehme eine alte Fensterscheibe, eine, die nicht mehr in einem Fenster ist. Es kann auch eine zerbrochene sein, aber bitte dazu keine Scheibe einschlagen. Nun holt ihr euch eine Kerze, zündet diese an, haltet die Glasscheibe in einem guten Abstand darüber und laßt sie ganz schwarz werden.« »Herr Lehrer«, meinte ein Junge, »wie kann man dann durch die schwarze Scheibe noch etwas sehen?« »Glaubt mir Kinder, das geht, und nur so geht es, wenn ihr die Sonnenfinsternis sehen wollt«, sagte der Lehrer. Nun konnten wir es gar nicht erwarten, zu Hause unser Guckgerät herzustellen. Unser Lehrer hatte recht. Trotz der Halbdämmerung war es unmöglich, mit bloßem Auge in die Sonne zu schauen. Mit unserer schwarzen Scheibe sahen wir alles sehr gut.

Die Bibel sagt uns, daß Gott Licht ist und er in einem Lichte wohnt, wo niemand Zugang hat. Wenn Gott uns erscheinen würde, wie er wirklich ist, dann würden wir von seinem Glanze erblinden, ja vergehen. Nun hat Gott einen wunderbaren Weg gefunden, daß wir ihm begegnen können. Die schwarze Glasscheibe heißt Jesus. Wenn wir durch ihn sehen, sehen wir Gott. Jesus hat gesagt: »Wer mich sieht, der sieht den Vater« oder »Niemand kommt zum Vater, denn nur durch mich.« Wir brauchen nur zu Jesus zu kommen und ihn anzunehmen, dann können wir den Glanz und die Herrlichkeit Gottes erkennen.

Am nächsten Morgen ging es in der Schulklasse laut her. Jeder wollte berichten, wie er seine Guckmaschine hergestellt hatte und was er an der Sonne und dem Mond alles entdeckt hatte. Dieses Thema war sicher reif für einen Schüleraufsatz. So soll es auch bei denen sein, die so Gott erleben, daß sie unermüdlich berichten, was sie sehen und welchen Weg es dazu gibt. Die Gebrauchsanweisung ist ganz sicher in der Bibel zu finden.

Den lassen wir sitzen!

Zehn Monate war ich in meiner Jugendzeit bei der Bundesbahn beschäftigt. Warum nur zehn Monate, das müßte ich ausführlich erklären, aber mir geht es jetzt um eine andere Sache. Wir arbeiteten in einer großen Umladehalle und hatten dabei Tag- und Nachtschichten. Die Nachtschichten fielen mir sehr schwer, zumal ich dies nicht gewohnt war. Wenn wir dann nach einer langen Nacht, in der schwer gearbeitet werden mußte, im Zug nach Hause fuhren, konnten wir Neulinge nur ganz schwer wachbleiben. Ältere, die diesen Dienst gewohnt waren, saßen auch mit im Zug und hatten meist ihren Spott über uns, die wir ja nichts gewohnt waren. Je näher wir nun unserem Zielbahnhof kamen, um so mehr schwankten vor Schlaf unsere Köpfe hin und her. Dann fiel von den älteren Kollegen immer wieder die Bemerkung: »Den lassen wir sitzen.« Wir erschracken dann sehr, denn es bedeutete, vor lauter Schlaf den Bahnhof und das Aussteigen zu verpassen. Das wollten wir auf keinen Fall. Nun, unsere Kollegen haben nur gescherzt. Sie hätten das sicher nie getan, denn schließlich hätten wir uns bei günstiger

Gelegenheit ebenso einmal an ihnen rächen können. Im Hebräerbrief steht der Satz: Achtet darauf, daß keiner am Ziel vorbeitreibt. Dabei muß ich immer an die Flüge in den Weltraum und zum Mond denken. Wenn die Kapseln zur Erde zurückkehrten, hieß es dann immer, daß sie den richtigen Einstiegwinkel zur Erde brauchten. Wenn dieser Winkel zu flach sei, würde die Kapsel von der Erdatmosphäre abgestoßen und zurück ins All fliegen. Würde dies geschehen, dann wäre eine Rückkehr zur Erde nicht mehr möglich. O wie schrecklich, am Ziel vorbeizutreiben und dann im Weltraum zugrunde zu gehen.

So ernst meint es auch die Bibel mit uns. Somit besteht für uns alle leider die Möglichkeit, am Ziel, das ist das Vaterhaus Gottes, vorbeizutreiben. Da gilt es, den rechten Kurs zu halten. Das Kursbuch zu diesem Kurs ist die Bibel. Der Funkleitstrahl ist das Gebet, und die Kommandozentrale ist bei Jesus, der zur Rechten Gottes sitzt. Es ist alles getan, damit wir das Ziel erreichen, wir brauchen nur zu folgen. Unser Herr ruft uns, lädt uns ein. Wir sollten dazu fröhlich ja sagen und auch andere einladen, sich auf diesen Kurs einzulassen, der der einzige ist, der wirklich ans Ziel führt.

Da ist es viel schöner

Sie war aus Sachsen in den Taunus gekommen. In einem Dorf auf einer Höhe der unteren Lahn hatte sie eine neue Heimat gefunden. Ihr Mann war der einzige Sohn eines Schreinerehepaares mit einer kleinen Landwirtschaft. Es ging sehr bescheiden zu in der Familie, und es fiel der jungen Frau nicht leicht, sich hier in der Fremde einzugewöhnen. Wie glücklich war sie, als dem jungen Paar das Söhnchen geboren wurde. Ihre ganze Liebe und Kraft galt neben ihrem Manne nun dem Kind. Dann mußte ihr Mann in den Krieg, die Arbeitskraft in der Werkstatt und auf dem Hofe fehlte. Neben dem Verzicht auf den geliebten Mann galt es für die junge Frau, nun überall Hand anzulegen. Dann kam die entsetzliche Nachricht vom Tode ihres geliebten Mannes. Die Welt schien der jungen Frau zusammenzubrechen. In der Fremde nun allein mit ihrem Kind, in Verhältnissen, die ihr mehr und mehr zur Last wurden. Nach dem Kriege verließ sie mit ihrem Sohn das Dorf und zog in eine neue Fremde. Hier hoffte sie, zur Ruhe zu kommen, aber das war ihr nicht vergönnt. Neue, andere Schwierigkeiten belasteten ihr Leben.

So vergingen leidvolle, unerfüllte Jahre, in denen ihr Sohn heranwuchs und erwachsen wurde. Die alten Eltern ihres Mannes waren verstorben, nur eine hochbetagte Tante war noch da. Nun galt es für ihren Sohn zurückzukehren, um sein Erbe anzutreten und zu verwalten. Was wollte sie alleine hier, so zog sie mit zurück dahin, wo sie einstmals glaubte zu leben und glücklich zu werden. Der Sohn fand in der alten Heimat eine liebe Frau. Das alte Anwesen konnte verkauft werden, es wurde ein neues Haus gebaut, in dem nun das junge Paar, die Mutter und die alte Tante eine neue Heimat fanden. Es folgten gute Jahre, die die Vergangenheit etwas verblassen ließen. Ein kurzes Glück schien für die Frau aufzublühen, sie hatte einen Witwer kennengelernt, mit dem sie eine schöne Zeit in Freundschaft verbrachte. Bei einem Urlaubs- und Kuraufenthalt wurde auch dieser Lichtblick verdunkelt, indem der Mann einen Herzschlag erlitt. Sollte denn alles im Leben schiefgehen, stand sie tatsächlich auf der Schattenseite des Lebens? Diese Fragen waren nun plötzlich wieder da im Leben der Leidgeprüften.

Doch dann ergab sich etwas Neues, Unvorhergesehenes, das ihr Leben in eine andere Richtung lenkte. In der nahen Kleinstadt suchten zwei alte Damen eine Betreuerin. Sie sagte zu und fand nun über einige Jahre ein reiches und erfülltes Leben im Dienst an hilfsbedürftigen Menschen. Nur ab und zu kam sie nach Hause. Wenn sie vom Bus kam, ging sie oft an meinem Hause vorbei. Sie freute sich, mich zu sehen, und wir kamen immer in ein gutes Gespräch, dabei hatte ich den Eindruck, daß sie ein Mensch war, der sich nach Gott sehnte.

Dann erzählte man eines Tages in unserem Dorfe, daß sie totkrank sei, Lungenkrebs, und daß sie sicher bald sterben müßte. Nach einer Darmoperation hatte sich diese schlimme Krankheit sehr schnell ausgebreitet. Es war mir klar, daß ich diese Frau unbedingt besuchen mußte, diesen Besuch sollte ich nicht aufschieben. Ich fand sie in der Wohnung ihres Sohnes von der schweren Krankheit gezeichnet, aber doch gelassen und sichtlich getröstet vor. Eine Chemotherapie lehnte sie ab, sie war dabei, sich auf das Sterben einzustellen. Dann erzählte sie mir ganz heiter von einem Traum, den sie hatte. Jesus stand in einem lichten Gewand vor ihr und sagte: »Du wolltest doch gerne noch einmal in Urlaub fahren, das ist nun nicht mehr nötig, denn da, wo ich dich hinführe, da ist es viel schöner.« Ihre Augen leuchteten dabei, als wenn sie sich darauf freute. Sie bat mich, wenn sie nun dahingegangen sei, sie doch zu beerdigen.

Einige Wochen später hatte ihr Herr sie in die himmlische Heimat geführt. Mit ihren Kindern saß ich zusammen, um die Beerdigung zu besprechen. Sie hatten im Nachttisch der Mutter ein kleines Kärtchen gefunden, auf dem handschriftlich das Wort des Apostels Paulus stand: »Ich vermag alles durch den, der mir Kraft gibt, Christus.« Nun wußte ich, worüber ich am Sarg dieses Menschen zu sprechen hatte. Ich tat es mit dankbarem Herzen in dem Bewußtsein des Glaubens eines Menschen, der im Leide seines Lebens gelernt und erfahren hatte, wie und mit wem man leben und sterben kann. Ich habe von dieser Frau neu gelernt, mich auf das zu freuen, was Jesus denen bereitet hat, die ihn lieben.

Die Gott lieben werden sein wie die Sonne

Ich sehe sie noch immer vor mir, jene kleine, unscheinbare, alte Frau. Immer hatte sie ein Kopftuch auf, so war es sicher Sitte, da wo sie herkam. Als Rumäniendeutsche war sie mit ihrer Familie, wie so viele, nach Westen geflüchtet. Sie hatten in einem großen Dorf, das in einem Tale lag, einen Viehhandel mit einer mittleren Landwirtschaft. Alles mußten sie stehen- und liegenlassen und mit der ganzen Familie aufbrechen. Oben, auf der Höhe, hatten sie noch einmal zurückgeschaut auf das, was ihnen Heimat, Leben und Glück bedeutet hatte. Ihr Mann hatte dabei laut geweint, und dann hatten sie sich losgerissen von dem, was einmal Heimat war. Nun hatten sie nach langer beschwerlicher Irrfahrt in einem kleinen Dorf eine neue Heimat gefunden. Der Schwiegersohn, ein Bauunternehmer, hatte für sich und die Eltern ein Haus gebaut. Dort lebten sie nun. Die alte Frau pflegte ihren Mann liebevoll bis zu seinem seligen Ende. Dann kam sie plötzlich in unsere Bibelstunden und war von da an nicht nur treu dabei, sondern beteiligte sich rege am Gebet und an den Gesprächen. Ich habe sie mit anderen immer mit dem Auto abgeholt und gewann sie dabei so richtig lieb. Eines Tages sagte ich zu ihr, ich möchte sie nun Oma nennen, da ich selbst schon lange keine Oma mehr hätte. Gerne willigte sie ein, wir waren per Du und hatten so ein sehr herzliches Verhältnis miteinander.

Bis zu ihrem 90. Geburtstag war sie noch einigermaßen gut dabei, aber danach ging es mehr und mehr mit ihr bergab. Wie freute sie sich, wenn sie ab und zu wieder einmal in die Bibelstunden mitkonnte. Größere Veranstaltungen und Reisen konnte sie nicht mehr bewältigen. Und dann blieb sie ganz weg und wurde bettlägerig. Das Ende schien dazusein. Ein letzter Besuch an ihrem Sterbebett bleibt mir unvergeßlich. Sie war bereit und freute sich auf die himmlische Heimat. »Daß du mir nur an meinem Grabe das Richtige sagst«, bekam ich von ihr zu hören. Es klang wie ein lieber Befehl.

Als ich mich von ihr ein letztes Mal verabschiedete, hatte ich einen Auftrag oder gar ein Vermächtnis. Was sollte ich sagen? Noch keine zwei Kilometer war ich mit meinem Auto gefahren, da wußte ich es, was ich am

Sarge meiner Oma zu sagen hatte. Gott, mein Vater im Himmel, hatte es mir eingegeben. »Die Gott lieben, werden sein wie die Sonne, die aufgeht in ihrer Pracht« (Richt. 5, 31).
Das war das Wort, das für diesen Menschen paßte. Aus ihren lieben Augen strahlte der Glanz Gottes. Überall wo sie war oder hinkam, verbreitete sie Licht und Wärme. Es war wohltuend, sie in der Nähe zu haben. Das habe ich dann, wenn auch mit traurigem Herzen, an ihrem Grabe gesagt. Ihr Leben war für ihre Familie so beeindruckend, daß nun auch die Tochter und der Schwiegersohn den Weg mit Jesus gehen. Jesus ist die Sonne, er ist Licht und Leben. Wer in seiner Gemeinschaft lebt, der liebt ihn und wird in dieser Welt Licht verbreiten.

Eine Zeit der Vorbereitung

Plötzlich war sie da, diese Frau Anfang Fünfzig. Wir, in unserem Bibelstundenkreis waren darüber sehr froh, zumal der Kreis an sich schon sehr klein war. Sie war eine schöne Frau und beteiligte sich von Anfang an an den Gesprächen und Gebeten. Ich hatte sie vorher nie gesehen und staunte sehr, wie sie sprach und vieles verstand, was wir von der Bibel besprachen. Die Frauen erzählten mir dann, daß sie als junges Mädchen ziemlich regelmäßig in den Bibelkreis gekommen wäre, aber dann sei sie eines Tages weggeblieben. Später, bei meinem Besuch bei ihr zu Hause, hat sie diesen Punkt auch bei mir angesprochen. Ihre Mutter hat damals zu ihr gesagt: »Wenn du bei den Frommen bleibst, bekommst du sicher keinen Mann!« Sie hatte den Rat der Mutter befolgt und dann auch einen ordentlichen Mann gefunden. Die Ehe blieb kinderlos und die Jahre vergingen. Nun war sie wieder in den Bibelkreis zurückgekehrt. Dann kam die Krankheit in das Leben der attraktiven Frau. Des öfteren war sie in Krankenhäusern und man vermutete nichts gutes. Solange es ging, kam sie unter Gottes Wort, und wir spürten alle, wie wohl es ihr tat, daraus Trost und Hilfe zu erfahren. Ihre schöne Gestalt veränderte sich mehr und mehr. Die Spuren einer tödlichen Krankheit waren nicht zu übersehen. Jeder glaubte zu wissen was sie hatte, nur sie glaubte es nicht. Ich vergesse nie den Besuch bei ihr, als sie schon ziemlich schwach war. Freudestrahlend erzählte sie mir, daß der Arzt und die Schwester dagewesen seien. Alle beide hätten übereinstimmend gesagt, daß sie keinen Krebs hätte. Ich wußte, daß es anders war und war sehr traurig über die Unwahrheit, mit der die Todgeweihte vertröstet wurde. Was sollte ich ihr nun sagen? Sollte ich auch lügen, um sie nicht zu beunruhigen? Nein, das wollte ich nicht. Folgendes sagte ich ihr nun: »Wissen Sie Frau O., unser Gott hat für Sie zwei Wege bereit. Er hat die Macht Sie zu heilen, das ist der eine Weg, aber er kann Sie auch den anderen Weg führen, heim in sein Vaterhaus. Auf beide Wege sollten Sie sich einstellen und es lernen, auch zu dem letzten ein »Ja« zu finden!« Sie hat es so auch angenommen.

Seelsorger sollten den letzten Weg, den Gott mit einem Menschen geht, nie verschweigen, sondern die Kranken behutsam darauf vorbereiten. Es ist unverantwortlich, Sterbende oder auch Todgeweihte über den letzten Weg eines jeden Menschen im unklaren zu lassen. Hier ist aber viel Weisheit und Zartgefühl erforderlich.

Kurz darauf ist Frau O. dann auch heimgegangen. Sie starb im Krankenhaus. Ihr Gemeindepfarrer konnte ihr noch den Dienst der letzten Wegzehrung tun. Es war eine gnädige Zeit der Vorbereitung, diese zwei Jahre, in denen sie zurückgefunden hatte zu dem Gott und Herrn, der die Macht hat über das Leben und über den Tod. Der in Jesus Christus allen denen ewiges Leben schenkt, die daran glauben.

Ein Schäfchen verloren

»Du hast eines deiner Schäfchen verloren«, so sagte mir ein Mann am Telefon an jenem Samstag vor Pfingsten. Er sagte mir nichts neues, denn gerade zuvor hatte mich eine Frau mit der gleichen Nachricht angerufen, nur sie hatte es anders ausgesprochen. Der Schock saß mir noch in den Gliedern von dem ersten Anruf, nun eine erneute Bestätigung, daß es stimmte. Hans war tot. Durch einen Verkehrsunfall war er ums Leben gekommen. Nach und nach wurde mir bewußt, wen ich da verloren hatte.

Ein ganz treuer Bruder und Mitarbeiter in der Gemeinschaftsarbeit war so plötzlich von Gott abgerufen worden. Als Flüchtling war er mit seiner Familie nach Westen gekommen. Mit seinen Schwiegereltern und seiner lieben Frau hatte er sich in einem Dorf im unteren Taunus ein Häuschen gebaut. Hier lebten sie bescheiden und glücklich und setzten ihre ganze Kraft ein, um Gott zu dienen. Hans stand im mithelfenden Verkündigungsdienst und verwaltete das neue Gemeinschaftshaus am Ort. Seine Frau pflegte die beiden alten

Eltern bis zum Tode und legte noch kräftig in der Gemeindearbeit Hand an. Als die Eltern im Hause verstorben waren, waren nun Hans und seine Frau allein, aber dankbar und glücklich, sich zu haben. Die verwandtschaftlichen Bande wurden sehr gepflegt, besonders mit der alten Mutter von Hans und seinen Geschwistern. Ein Neffe von Hans hatte mit seiner jungen Frau in Nordhessen eine Pfarrstelle übernommen, ihnen galt der Besuch zu Pfingsten. Der Bruder von Hans wollte mit seinem Auto fahren und nahm auch seine Frau mit. Diese beiden saßen vorne im Auto, Hans und seine Frau hinter ihnen. Wenn Christen auf der Straße unterwegs sind, wissen sie, daß ihr Herr auch da bei ihnen und mit ihnen ist. So haben sie auch an jenem Pfingstsamstag Weg und Ziel in Gottes Hände gelegt. Dann auf der Autobahn passierte es. In voller Fahrt platzte der Vorderreifen. Der Fahrer konnte den Wagen nicht mehr unter Kontrolle bringen. Es ging eine Böschung hinunter, der Wagen überschlug sich mehrmals, und dann war alles wie in einem bösen Traum. Hans war sofort tot. Die anderen drei Insassen wurden schnell in die nahe Klinik gebracht, sie waren schwer verletzt. Schwere Tage und Wochen folgten. Die schreckliche Tatsache, daß Hans tot war, hatten die Überlebenden je nach Aufnahmefähigkeit erfahren. Der Bruder von Hans starb dann zuerst, danach seine Frau, so daß die Frau von Hans als einzige diesen schrecklichen Unfall überlebte. Die Tage und Wochen sind nicht zu beschreiben, die die Betroffenen und Angehörigen durchstehen mußten.

Der Beerdigungstag von Hans war mir ein sehr schwerer Tag, obwohl ich wußte, daß er nun bei seinem Herrn war. Und doch konnten wir, die wir an diesem Tag zu Wort kamen nicht anders, als unseren Gott loben für das, was uns unser Bruder war. Nur sehr langsam genas die liebe Frau von Hans. Viele haben sie im Gebet begleitet. Es war dann für sie sehr schwer, alleine in ihr Haus zurückzukehren. Eine liebe Schwester im Glauben hat sie einige Wochen betreut. Sie brauchte noch viel Pflege und Hilfe im Alleinsein. Nun galt es, nach und nach sich in die neue, ganz andere Lebenssituation einzuleben. Hier hat die christliche Gemeinde dann eine wichtige Aufgabe, sich ihrer so betroffenen Glieder anzunehmen und sie zu begleiten.

Menschen, die im Glauben an Jesus Christus stehen, sind also nicht verschont von Unglück und Tod. Auch wenn sie sich unter den Schutz Gottes stellen, kann ein Unglück kommen. Sie lernen es aber, alles aus Gottes Hand zu nehmen. Er gibt ihnen dann auch besondere Kraft, diese schweren Zeiten zu durchstehen. Sie finden immer wieder Trost und Hilfe im Gebet, im Worte Gottes und in den Zuwendungen ihrer Brüder und Schwestern. Dies durfte auch die liebe Frau von Hans erfahren, und sie war und ist dankbar und froh darüber.

Er hieß Robert

Wie eine deutsche Eiche sah er aus, jener kernige Bauer aus dem Nassauer Land. Ein kleines Dorf war seine Heimat. Dort betrieb er mit Frau und Mutter eine kleine Landwirtschaft. Als diese die Familie nicht mehr so recht ernähren konnte, suchte er sich Arbeit in einer Fabrik in einer Stadt am Rhein. Er war sehr hilfsbereit, und alle mochten ihn sehr. Er betätigte sich in der kleinen Dorfgemeinde und wurde dann noch mit seiner Frau zum Küsterdienst in der Dorfkirche gebeten. Es war schade, daß die Ehe kinderlos blieb. Als dann die alte Mutter starb, waren die beiden Eheleute allein. Dieses Allein- und Untersichsein verband die beiden um so mehr. Ich habe ihn immer bewundert, den Robert, wenn ich seine kräftigen, behaarten Arme sah und die großen Hände. Die konnten zupacken, wenn es galt Hand anzulegen. Robert war ein sehr treuer Christ. Er fehlte selten in den Bibelstunden und Bezirksveranstaltungen. An den Gebeten beteiligte er sich immer. Es fiel mir auf, daß das, was er im Gebet sagte, von der Sehnsucht nach dem wiederkommenden Herrn bestimmt war. Immer wenn es etwas im Reiche Gottes zu tun gab, besonders wenn es um körperlichen Einsatz ging, war Robert zur Stelle. Einen Zeltaufbau hat er besonders gerne gemacht und sich auch an den Nachtwachen im EC Zelt beteiligt. Er gehörte zu den Männern und Brüdern, die unsere Arbeit in jeder Hinsicht verantwortlich mittragen. Auf Robert war immer Verlaß.

Eine Erkältung mit Husten ist eine Krankheit, die jeder haben kann. Sie kommt und geht einmal schneller einmal weniger schnell. Bei Robert wollte sie nicht weichen. Nachdem so alle verfügbaren Mittel versucht waren, wurden doch ernsthafte Schritte unternommen. Die Röntgenaufnahme ließ Schlimmes ahnen. Es wurde aus der Lunge eine Probe entnommen mit dem Ergebnis eines bösartigen Tumors zwischen Luft- und Speiseröhre. Uns alle hatte diese Nachricht wie ein Keulenschlag getroffen. Dann kamen die Bestrahlungen, die aber schließlich ergebnislos abgebrochen wurden. Robert mußte sterben. In den letzten Wochen seines Lebens hat sich die Liebe seiner Frau in hingebungsvoller Weise bewährt. Sie, seine beiden Schwestern und andere sind nicht von seinem letzten Lager gewichen. Bei meinen Besuchen sagte er mir immer wieder, daß ich doch an seinem Grabe Jesus Christus verkündigen solle und die Gnade, die uns durch ihn gegeben ist.

Es fiel mir sehr schwer, von diesem treuen Bruder Abschied zu nehmen, aber dieser Tag kam dann sehr bald. Zurück und alleine im Haus blieb seine liebe Frau, aber auch sie wußte und weiß sich von der Liebe Gottes gehalten und getragen. Die Beerdigung von Robert war ein großes Bekenntnis der Treue und Gnade Gottes. Alle, die dabeiwaren, sollten es hören und erfahren, daß es sich lohnt, mit Jesus zu leben. Wer mit Jesus lebt und mit Jesus stirbt, wird auch mit ihm auferstehen und in die ewige Ruhe eingehen.

Sie nannten sie »Rösli«

Sie war als junge Frau aus der Schweiz an den Rhein in die Nähe der Loreley gekommen. Dort hatte sie mit ihrem Mann eine Mosterei betrieben, die dann später zu einer Getränkehandlung wurde. Ich glaube, die Eheleute hatten einen Sohn angenommen, der dann im letzten Krieg blieb. Der Mann verstarb, und so blieb die Frau allein. Den Getränkebetrieb hatte sie dann verpachtet. Ihre Wohnung hatte sie im eigenen Hause, das an Verwandte vererbt war mit der Auflage, sie bis zum Tode zu betreuen. Als ich als Prediger den Gemeinschaftsbezirk übernahm, lernte ich Rösli kennen. Sie war nun schon eine ältere Frau mit schneeweißen Haaren, etwas gebeugt, oft am Stock gehend. Mir fiel sofort ihre liebevolle Art auf, und dies bestätigte sich mehr und mehr beim Näher-Kennenlernen.

Sie hatte keine andere Möglichkeit, zu uns in die Bibelstunden zu kommen, als daß sie von jemand mit dem Auto abgeholt würde. Dies habe ich dann auch immer getan, bin oft etwas früher zu ihr gekommen, damit wir noch etwas Zeit zum Plaudern hatten. Aus ihr strahlte eine große Liebe und ein tiefer Glaube an Jesus Christus. Es war schön, mit ihr zusammenzusein, und sie selbst war dabei immer sehr glücklich. Als sie eines Tages neben mir im Auto saß und wir gerade losfahren wollten, streichelte ich ihr mit der rechten Hand über ihre Wange. Sie strahlte mich an und sagte: »Darauf habe ich schon lange gewartet, ich glaubte, Sie hätten mich nicht mehr lieb.«

Diesen Satz werde ich nie vergessen. Er ist mir tief ins Herz gegangen. Hier sehnt sich ein Mensch nach Liebe und Zärtlichkeit und wartet darauf, daß dies ihm jemand schenkt. Mir sind dabei die Augen weit aufgegangen, und ich habe mir vorgenommen, hier niemand mehr auf mich warten zu lassen. Oft habe ich Angst, jemanden zu übersehen und diesen wichtigen Dienst zu versäumen. Besonders alte Menschen warten hier vergeblich, viele gehen am Mangel an Liebe zugrunde. Ich frage mich immer wieder, wie können Menschen Liebe an andere weitergeben, wenn sie nicht von der Liebe Jesu erfüllt und ergriffen sind.

Dann eines Tages konnte Rösli nicht mehr mitkommen. Erst kam sie ins Krankenhaus und dann in ein Pflegeheim. Nur kurz war sie dort, denn sie ging im Frieden ihres Gottes heim. Sie hatte es mir gesagt und auch schriftlich festgelegt, daß ich, ihr junger Freund, sie beerdigen möchte. Gott hatte ihr ein hohes Alter geschenkt, nun durfte sie im ewigen Frieden ruhen. Dankbar habe ich ihrem Wunsche entsprochen, wir haben auch dankbar als Gemeinde sie auf dem letzten Weg begleitet. Hier war ein Mensch in Gottes Hände zurückgegangen, der sich nach Liebe sehnte, aber auch gerne bereit war, Liebe weiterzugeben. Sie nannten sie Rösli, sie war wie eine duftende, leuchtende Rose durch ihren Glauben an den Gott, der die Quelle aller Liebe ist. Ihren Fernseher, das Kofferradio, ein Bild und ihre Bibel hat sie mir verebt. Sie sind dankbare Erinnerungen an einen Menschen, der Liebe und Dankbarkeit ausstrahlte und somit das Leben anderer beschenkte.

Die Straßenbahnführerin von Recklinghausen

Hermine hatte eine schwere Kindheit. Ich glaube, sie kam aus Ungarn. Sie sagte mir, immer wenn sie aus ihrer Kindheit erzählte, sie hätte wie eine Zigeunerin ausgesehen. Einmal hatte sie als Kind in der Kirche ein Gesangbuch gestohlen. Das hatte für sie schlimme Folgen und vielfache Strafe mit sich gebracht. Überhaupt sei sie wie ein Junge gewesen. Ihre Kindheit wurde sehr getrübt und belastet von unguten Familienverhältnissen. Später wurde sie mit einem Mann verheiratet, den sie nicht liebte. Aus dieser Ehe stammte das einzige Kind, das sie hatte, ein Sohn. John lebt mit seiner Familie in Kanada. Dort arbeitet er als Zahntechniker und betätigt sich auch in einer christlichen Gemeinde. Ihr Sohn war immer ein kleiner Lichtblick in ihrem trüben Leben. Die erste Ehe scheiterte, und die zweite Ehe brachte so wenig Glück wie die erste. Während des Krieges lebte Hermine im Kohlenpott. In Recklinghausen wurde sie Straßenbahnführerin. Wenn sie von dieser Zeit erzählte, war sie immer ganz aufgeregt. Man konnte sich gar nicht vorstellen, daß diese zierliche Person eine Straßenbahn führen konnte. Aber sehr resolut war Hermine und konnte sich mit dem Munde überaus helfen. Dies machte die Frau auch so interessant. Sie blieb niemand ein Wort schuldig und scheute das heftigste Wortgefecht nicht. Es war ihr dabei ganz egal, wer es war, mit dem sie sich stritt, ob Arzt oder Pfarrer oder der Penner auf der Straße.

Zweimal hatte sie den ersten Wagen der Straßenbahn umgeworfen, dabei waren Personen nicht zu Schaden gekommen. Eine Zeitlang hat sie einen Kiosk geführt und dabei mit Menschen so manches erlebt. Viele Ereignisse und Begegnungen haben ihre Seele verwundet.

Mit vielen dieser Verwundungen kam sie in unseren Bibelkreis. Dort fand sie freundliche und liebevolle Aufnahme. Das hat ihr sehr gut getan. »Wäre ich nicht in diese Stadt gekommen, dann hätte ich euch nie kennengelernt«, dies hat sie sehr oft betont. Ihr Körper war sehr krank und hinfällig, von daher mußte sie ständig in ärztlicher Betreuung sein. Trotzdem wagte sie es, ihren Sohn in Kanada zu besuchen. Meine Frau und ich haben sie nach Frankfurt zum Flughafen gefahren und auch dort wieder abgeholt, als sie zurückkam. Dies waren für sie ereignisreiche Wochen, von denen sie nicht müde wurde zu berichten. Richtig glücklich kam sie zurück, und obwohl sie später noch einmal an eine Reise nach Kanada dachte, sollte diese ihre letzte gewesen sein. Ihren Sohn lernte ich auch kennen. Im Lutherjahr 1983 war er mit einem Freund nach Deutschland gekommen. Ich konnte ihm dafür noch eine Diaserie über Luther besorgen. Darüber war er sehr dankbar und froh. Er ist ein liebenswerter Mensch. Daß seine Mutter gerne bei ihm war, konnte ich verstehen. Viele tausend Kilometer trennten sie jedoch. Hermine hungerte sehr nach Liebe, sie hatte sie in ihrem Leben nie wirklich erfahren. Wie glücklich war sie, wenn ich sie in die Arme nahm, diese vorzeitig gealterte, gebrechliche Frau. Einen Kuß hat sie mir jedesmal gegeben und hielt dann auch ihre Wange zur Erwiderung hin. Darin war Hermine eine Ausnahme, aber sie brauchte es, und ich habe es ihr nie versagt. In den Bibelstunden saß sie neben mir und las oft den Bibeltext vor. Sie konnte sehr gut lesen und tat dies auch in der Frauenhilfe der Kirchengemeinde. Zu den Bibelstunden habe ich sie in den letzten Jahren immer mit dem Auto abgeholt. Auf ihrem Tisch stand dann Fruchtjoghurt für mich bereit, und jedesmal hat sie ihr übervolles Herz ausgeschüttet. Dann häuften sich ihre Schwächeanfälle. Sie mußte ins Krankenhaus und später, wenn auch zunächst wider Willen, in ein Pflegeheim. Das war, wie für die meisten Menschen, ihre letzte Lebensstation. Hier haben wir, ohne es zu wissen, von Hermine Abschied genommen, denn bald darauf hatte unser Gott sie abgerufen in eine Welt ohne Leid und Geschrei. In dieses Leben ohne Liebe hatte Gott, wenn auch erst in späten Jahren, seine Liebe schenken können.

Gottes Liebe wird immer sichtbar und erfahrbar durch Menschen. Sicher war es auch ein spätes Glück für diesen am Leben so enttäuschten Menschen, der in der christlichen Gemeinschaft das finden durfte, dem er ein ganzes Leben hinterhergelaufen war. Jesus Christus hat auch mir einen Menschen zugeführt, an dem ich das, was ich immer predige, in ganz praktische Liebe umsetzen konnte. Das sehr bewegte Leben von Hermine konnte nun zur Ruhe kommen bei dem Gott, bei dem allein Ruhe und Frieden zu finden ist. Keiner wird sich je an der Liebe verausgaben können, wenn er an die Liebe Gottes angeschlossen ist.

AIDS – die tödliche Krankheit

Einige Jahre schon, kannte ich ihn, jenen Mann Ende vierzig. Er war schmächtig von Gestalt und ging etwas schleppend. Seine Schwestern und Schwager kannte ich besser, denn sie besuchten regelmäßig die Bibelstunden unserer Gemeinschaft. Er war unverheiratet und arbeitete in einem Büro. Wenn er mich sah, war er immer nett und freundlich. Durch seine angeborene Krankheit war er ständig unter ärztlicher Kontrolle und mußte in bestimmten Zeitabständen neues Blut haben. Dann hörte ich eines Tages, daß dieser Mann die Krankheit AIDS hätte. Mitte der achtziger Jahre kamen viele Blutreserven aus dem Ausland. Damals war diese schreckliche Krankheit hier noch nicht so bekannt. Durch eine Blutübertragung hatte er sich nun infiziert. Erst ging es sehr langsam, aber dann brach die Krankheit mit Macht über ihn herein. Durch viele Krankenhausaufenthalte und intensive Pflege und Betreuung versuchte man die Krankheit, die zur totalen Immunschwäche führt, einzudämmen und auch erträglich zu machen. Seine Familie hatte dabei oft

Übermenschliches geleistet und es nicht an Liebe und Fürsorge fehlen lassen. Er hatte allein gewohnt in einem Hause, das er für sich gebaut hatte. Dort lag er, umgeben von seinen Lieben, wenn er nicht im Krankenhaus sein mußte. Ich habe ihn des öfteren besucht. Es war ein Bild des Jammers, was sich mir dort bot. Er hat bei mir nie geklagt, vielmehr war er immer mit Hoffnung erfüllt, daß es noch einmal besser mit ihm werden könnte. Wir haben dann auch über den Glauben an Jesus Christus gesprochen, über Tod und Ewigkeit. Es war für mich sehr beeindruckend, wie behutsam Gott, unser Herr, diesen todkranken Menschen auf sein nahes irdisches Ende vorbereitete. Seine gläubigen Geschwister und Verwandte haben ihn nicht nur vorbildlich körperlich betreut, sondern durch Gebet und Gottes Wort seiner Seele Hilfe und Trost vermittelt. Noch einmal hat man ihn mit seinem schönen Auto durch die Heimat gefahren, aber dann wurde er immer schwächer und hilfloser. Der gnädige Gott ist in dieser Zeit dem Sterbenden besonders nahegewesen. Ja, er hat sogar diese Krankheit benutzt, um diesen Menschen ganz an sich zu ziehen und ihm den Glauben zu schenken, der über Tod und Grab hinausgeht. Dann war er ganz still eingegangen in die ewige Ruhe seines Gottes. Mich hat die Zeit seines Leidens sehr beeindruckt. Darum ließ ich es mir auch nicht nehmen, an seinem Grabe Worte des Gedenkens und der Hoffnung zu sagen.

Einige Jahre später mußte sein Neffe den gleichen, schweren Weg gehen. Er war genauso infiziert worden wie sein Onkel. Noch einmal mußte die Familie das Gleiche erleben. Es war schon etwas anders, denn der junge Mann war Ende dreißig und hinterließ Frau und Kind. Auch er hat das Ziel des Glaubens erreicht, nämlich der Seelen Seligkeit. Es stellt sich immer wieder die Frage, wie kann eine Familie diese Kette von Leiden ertragen? Wer dem Herrn vertraut, kann es erfahren: Er legt Lasten auf, aber er hilft uns auch.

Als der junge Mann beerdigt wurde, konnte ich nicht dabeisein, da ich mit einer Gallenoperation im Krankenhaus lag. Meine Frau und meine Schwester haben teilgenommen. Sie waren sehr beeindruckt von der Trauerfeier, besonders aber von dem Kranz, den die junge Frau für ihren lieben verstorbenen Mann hatte anfertigen lassen. Auf einer der Schleifen stand: »Jesus lebt, Halleluja«. Ob diese Worte schon einmal auf einer Kranzschleife standen? Mittlerweile ist es bekannt, daß die junge Frau auch von dieser tödlichen Krankheit infiziert ist. Noch kam sie nicht zum völligen Ausbruch. Noch einmal müßte die Familie den schweren Weg gehen, aber sie sind gefaßt und vertrauen der Hilfe Gottes.

Im Walde verirrt

Mit etwa achtzig Jungen und Mädchen waren wir auf einer Sommerfreizeit. In einem neuen, wunderschönen Freizeitheim waren wir untergebracht. Am Waldrand liegend, war es eine ideale Stätte für Kinder, die viel Freiraum brauchen. Wir hatten ein sehr abwechslungsreiches Programm. Natürlich war auch eine Nachtwanderung dabei. Nachtwanderungen sind besondere Freizeitspezialitäten, und welches Kinderherz schwärmt nicht davon. Wichtig jedoch ist, daß die Helfer und Freizeitleiter die Nachtstrecke kennen.

Wir waren schon am Nachmittag aufgebrochen und den Weg gegangen, den wir am Abend bei Dunkelheit auch zurückgehen wollten. Der Weg durch den Wald war zunächst befestigt. Dann aber ging es »querwaldein«. An den Bäumen waren die bekannten Zeichen einer Wanderstrecke. Es konnte also nichts schiefgehen. Der Nachmittag verging wie im Fluge. Wir hatten an einem künstlichen Wasserfall gelagert und auch unser Abendbrot verzehrt, das aus gegrillten

Würstchen, Brot und Tee bestand. Anschließend wurde noch gesungen und einige Spiele gemacht, und dann war es soweit. Als wir den Waldrand erreichten, war es stockfinster. Wenige Fackeln gaben der Gruppe die Richtung an. Zunächst waren die Zeichen an den Bäumen noch zu erkennen, aber dann mit einem Male war nichts mehr zu sehen. Ich ging damals mit einigen Mitarbeitern vorneweg und stellte fest, daß wir uns verirrt hatten.

Vorsichtig gingen wir ins Ungewisse und standen plötzlich vor einem Abgrund. Ich gebot Halt, aber wir sagten den Kindern nicht, daß wir nun nicht mehr weiter wußten. Es wäre sicher unter ihnen eine Panik ausgebrochen. Was nun? Sollten wir einfach im Wald hin und herlaufen in der Hoffnung, doch endlich den rechten Weg zu finden? Mußten wir vielleicht die Nacht hier bleiben und den Tag abwarten? Die Gedanken schossen mir im Kopf hin und her. Dann wurde ich ganz ruhig und betete zu meinem Gott. Die Gruppe wurde langsam unruhig und einige fragten, warum es denn nicht weiterginge. Vorsichtig ging ich nun in der Richtung vom Abgrund weg, alle folgten. Plötzlich war da ein fester Weg und an den Bäumen das bekannte Wanderzeichen. Wir hatten den richtigen Weg gefunden.

Später, im Mitarbeiterkreis sprachen wir diese Notsituation noch einmal an und dankten gemeinsam unserem Gott für die Hilfe in großer Not. Wir dürfen unseren Gott um alles bitten. Viele der Leser werden es bestätigen können, wie er ihnen in schwierigen Situationen half. Andere möchte ich dazu ermutigen, mit ihrer Not zu Gott zu kommen. Findige Leute sagen, Gott hat eine Telefonnummer. Sie lautet 5015. Sie meinen damit dem Psalm 50, V. 15. Dort sagt Gott: »Rufe mich an in der Not, so will ich dich erretten.« Aber es geht dann noch weiter: »Und du sollst mich preisen!« Das Danken sollen wir nicht vergessen über aller erfahrener Hilfe Gottes.

Der Mann mit der Bierflasche

Die Menschen gehen am Sonntagnachmittag zur Bibelstunde. Das evangelische Gemeindehaus steht auf dem Gelände der alten Martinskirche. Hier und da sind an der Mauer noch alte Grabsteine zu sehen. Sie zeigen an, daß ganz früher hier um die Kirche der Friedhof war. An einem solchen Grabstein lehnt an jenem Nachmittag ein junger Mann mit der Bierflasche in der Hand. Man merkt ihm an, daß das Bier bereits schon seine Wirkung getan hat. Ich spreche ihn im Vorbeigehen kurz an, will ihn aber nicht einladen, denn ein Betrunkener würde uns nur stören. Die Reihen im Gemeindehaus füllen sich. Es sind immer auch einige Diakonissen aus dem nahen Mutterhaus dabei. Hier und da ist ein weißes Häubchen zu sehen. Wie staune ich, als nun plötzlich eine Diakonisse zur Tür hereinkommt und den betrunkenen Mann am Arm hat. Sie setzen sich zusammen in die dritte Reihe von vorne. Nun beginnt die Veranstaltung. Das Vorprogramm ist vorbei, ich beginne mit der Predigt. Wer vorne steht, hat ja alles im Blickfeld, was vor ihm geschieht. So fällt auch mein Blick immer wieder auf den Mann neben der Schwester. Sein Haupt schwankt zunehmend hin und her, nach hinten und vorne. Er ist gerade im Begriff einzuschlafen. Das merkt nun die Schwester und gibt ihm einen kräftigen Ripenstoß. Wie von einer Wespe gestochen fährt der Schläfer auf, schaut ganz ärgerlich nach rechts und links und, o Wunder, er bleibt von nun an wach. Ich habe während meines Redens alles genau mitbekommen und hätte fast laut gelacht, so ulkig sah diese Szene aus. Während ich nun weiterredete, begann der Kopf der Schwester hin und her zu wakkeln. Nun war sie im Begriff einzuschlafen. Dies merkte ihr gerade von ihr geweckter Nachbar. Unvermittelt versetzte er nun der Schwester einen kräftigen Rippenstoß. Das zierliche Frauchen zuckte regelrecht zusammen, viel hätte nicht gefehlt, daß sie vom Stuhle aufsprang. Mit meiner Fassung am Rednerpult war es nun fast vorbei. Andere Zuhörer hatten das Spektakel auch mitbekommen. Doch nun blieben beide wach, denn einer hatte den anderen sehr kräftig geweckt, und dieses Wecken wollte keiner mehr erleiden.

Wie wichtig war es für die Soldaten, die auf

dem Rückzug durch Rußlands Eis- und Schneewüsten zogen, daß sie sich gegenseitig wachhielten. Das Einschlafen bedeutete den sicheren Tod durch Erfrieren. Jesus sagt im letzten Buch der Bibel zu den Gliedern einer Gemeinde. »Werde wach und stärke den anderen, der sterben will.« So sollen sich Christen gegenseitig den Dienst des Wachhaltens tun. Wach für Gottes Wort, wach im Gebet, wach im Dienst am Nächsten und wach und bereit für die Stunde unseres Sterbens oder für die Wiederkunft Jesu. Gerade das Gleichnis von den zehn Jungfrauen will uns zeigen wie wichtig die Breitschaft ist, dem Bräutigam entgegengehen zu können.

Sie nennen ihn »Iwan«!

Psychologen sagen sicher mit Recht, daß ein Mensch bis zu seinem sechsten Lebensjahr entscheidend für sein Leben geprägt wird. Die Erlebnisse und Umstände dieser ersten Kindheitsjahre, Leid sowie auch Freude sind fast unauslöschlich in seine Seele geschrieben. Welch eine Verantwortung liegt da bei denen, die Kinder erziehen, begleiten und versorgen. Wenn ich manchmal meine Zuhörer frage, ob sie eine schöne Kindheit hatten, gibt es immer welche, die dies traurig verneinen. Viele möchten nicht mehr daran erinnert werden, und doch hängt ihnen das Schwere und Traurige ein Leben lang nach.

Walter war der Älteste in der Familie, viele Geschwister folgten, so viele, daß es der Mutter schwerfiel, sich um jedes recht zu kümmern. So kam die Familie in einen traurigen, ja erbärmlichen Zustand. Der Vater hatte die meiste Zeit keine Arbeit, so daß Hunger und Armut das Bild der Familie prägte. Walter mußte schon sehr früh arbeiten, den Bauern half er beim Dreschen oder auf dem Felde. Einen Beruf hat er nicht gelernt, so wurde er mehr und mehr zum Gelegenheitsarbeiter. Als dann die Mutter beim letzten Kind starb und der Vater bald wieder heiratete, war ihm, dem Außenseiter, das Zuhause genommen. Wo hat Walter nicht überall genächtigt, in Schuppen und Ställen, im Freien und da, wo er für die Nacht einen Unterschlupf fand.

Ein liebes Wort hat ihm fast niemand gegeben und so kannte er die Sprache der Liebe nicht.

Dementsprechend war dann auch seine Art zu reden, immer laut und unmißverständlich. Wenn er vor seinem Häuschen steht und sein Temperament mit ihm durchgeht, kann man sein Brüllen sehr weit hören. Bei einem Autounfall auf der Straße wurde er eines Tages so schwer verletzt, daß er an den Rand des Todes kam. Beim Überqueren einer Hauptstraße hatte ihn ein PKW umgefahren. Der Türgriff des Autos war dabei so tief in seinen Bauch gedrungen, daß man ihn zunächst nicht fand. Von diesem Unfall hat er sich nur schwer erholt und bezieht von daher auch eine kleine Rente. Walter hatte keine Heimat, keine Familie, in der er leben konnte. Er verwahrloste zusehends. Seine massige Gestalt, sein oft langes, struppiges Haar und sein Bart brachten ihm den Namen Iwan ein. Sein Heimatdorf, das auch das meinige ist, liebt er sehr. Der Versuch, ihn in einem Heim unterzubringen, scheiterte. Er riß aus, ging zurück in sein Dorf und übernachtete nächtelang unter alten, zusammengestellten Fenstern im Garten seiner Schwester, die außerhalb, im Ruhrgebiet wohnt. Das war kein Zustand. Seine Schwestern, auch die aus Wiesbaden, wurden alarmiert, es wurde ein alter Campingwagen herbeigeschafft, in dem Walter nun hauste.

In dieser Zeit kam ich mit ihm näher in Berührung, und er wurde mein Freund. Im Gefängnis war Walter auch gewesen, sein Bewährungshelfer besuchte ihn in bestimmten Abständen. Diesen Mann lernte ich kennen, und wir überlegten, wie wir Walter ein besseres Zuhause schaffen konnten. Durch ein Darlehen von der Bewährungshilfe wurde es möglich, auf dem Gartengrundstück seiner Schwester ein kleines, massives Häuschen zu bauen. In dem Wohnschlafzimmer, der kleinen Küche und dem Vorratsraum fühlte sich Walter nun überglücklich. Unbürokratisch wurde ich so zu seinem Vormund und Finanzverwalter. Zu der Unfallrente kam eine Sozialrente und eine Sozialhilfe dazu, alles kleine Beträge, die recht eingeteilt werden mußten, um über die Runden zu kommen. So vergingen die Jahre unserer Freundschaft, die oft auf sehr harte Proben gestellt wurde, denn Walter hatte Probleme mit dem Alkohol. Seinen 60. Geburtstag haben wir ganz groß im Evangelischen Gemeindehaus gefeiert. Er sagte danach, daß dies der schönste Tag seines Lebens gewesen sei. Über der Tür seines Häuschens hatte ich ein Schild angebracht: »Hurra, hurra, unser Walter wird 60 Jahr.« Dieses Schild hing auch weiterhin über der Tür, und jedes Jahr, an seinem Geburtstag wurde dann die Zahl verändert. Zu seinem Geburtstag waren viele Verwandte angereist. Auch aus dem Dorfe waren einige gekommen, und Walter saß sehr gepflegt in der Runde seiner Gäste. Sein Gesundheitszustand verschlechterte sich dann aber mehr und mehr, so daß er in bestimmten Abständen ins Krankenhaus mußte. Immer wieder haben meine Frau und ich versucht, ihm sein trauriges Leben etwas zu verschönen. Wenn er sich dann besonders traurig und einsam fühlte, griff er nach der Flasche, was dann anschließend immer Folgen für seinen Gesundheitszustand hatte. Walter war sehr liebebedürftig, aber trotz mancher Unflätigkeit ein lieber Kerl. Wir hatten es gelernt, mit ihm umzugehen. Wie glücklich war er, als ihm zum Geburtstag ein Fernseher mit Batteriebetrieb geschenkt wurde, denn Strom und Wasser hatte er in seinem Häuschen nicht. Als ich dann wegen meiner kranken Galle zur Operation ins Krankenhaus mußte, war Walter auch zur gleichen Zeit dort. Er war nicht bettlägerig, und so besuchte er mich ständig. Als ich von der Operation kam, saß er stundenlang still an meinem Bett bis meine liebe Frau kam. Am Anfang war ich allein im Zimmer. Er sagte: »Ich passe auf, daß dir niemand etwas tut, und wenn einer etwas will, dem schlage ich alle Knochen kaputt.« Eine mir bekannte Redeweise von ihm. Ja, Walter war ein lieber, treuer Kerl. Stundenlang hat er mit bei praktischen Arbeiten geholfen und keine Kraft und Mühe gescheut. Meine vier Enkelsöhne hatte er besonders lieb, er, der ja selbst keine Familie hatte, konnte sich an Geschenken für die, die ihn mögen, fast verausgaben. Daß wir von unserem Heimatort wegzogen, war für Walter eine Katastophe. Was wird aus mir werden, das dachte er, und die Leute sagten es auch.

Dann bekam er ein Telefon, und nun rief er uns in Bebra ständig an.

Jedesmal, wenn wir in unsere Heimat fahren, ist es für Walter ein Fest, dann nimmt er mich voll in Beschlag und ist glücklich. »Was würdest du tun, wenn du in Bebra hören würdest, daß ich tot sei«, so fragte er mich bei einer unserer letzten Begegnungen. Ich antwortete ihm: »Ich würde sofort kommen.« Da wandte er sich von mir ab und weinte. Schon früher hat er des öfteren von seinem Tode gesprochen. Wer wird mich beerdigen? Wer wird mit mir auf den Friedhof gehen? Dann habe ich ihm immer geantwortet, wenn der Pfarrer es nicht tun würde, ich werde es tun und ich sitze in der ersten Reihe bei den Trauergästen. Dann haben seine Augen gestrahlt vor Glück. Ich weiß nicht wie es mit Walter einmal weitergeht oder endet. Ich bete für ihn, daß Jesus Christus ihm inneren Frieden schenkt und er zum Glauben kommt. Gott hat Walter lieb, und ich liebe ihn auch und möchte dazu beitragen, daß sein trauriges Leben etwas verschönt wird. Viele Menschen wenden sich von Walter ab, wollen mit ihm nichts zu tun haben, weil seine Art sie ärgert. Ich weiß, daß er viel Liebe und Zuwendung braucht, und wenn er in diesem Leben auf vieles, ja vielleicht auf alles verzichten mußte, was ein normales menschliches Leben ausmacht, so wünsche ich ihm ein ewiges Leben in der Herrlichkeit unseres Vaters im Himmel. Unser Gott möge uns die Augen öffnen für Menschen, die am Rande stehen, auf der Schattenseite des Lebens, verschuldet oder nichtverschuldet. Sie alle brauchen Liebe, und die Liebe ist der einzige Schlüssel zum Herzen der Menschen. In der Person Jesu ist sie das, was ein Leben auch in unmöglichen äußeren Bedingungen lebenswert macht.

Der Brief aus Australien

»Ein Brief aus Australien. Von wem mag er sein? Gibt es da jemand, den ich kenne?« So fragte sich mein Freund, der Pfarrer in einer Kleinstadt im unteren Taunus ist. Es war um die Weihnachtszeit, als dieser aufregende Brief ankam. Schnell wurde er geöffnet, denn man will bei solchen fremden Briefen ja dann auch sofort wissen, wer der Absender ist. Nun, ich gebe den Inhalt des Briefes mit meinen Worten weiter, so in etwa, wie mein Freund ihn uns bei einem Gebetsfrühstück erzählte.

Sehr geehrter Herr Pfarrer, Sie sind sicher erstaunt, von uns einen Brief zu erhalten und das aus so weiter Ferne. Wenn Sie unseren Namen lesen, wissen Sie sicher sofort, mit wem Sie es zu tun haben. Ja, damals in Ihrer früheren Gemeinde am Rhein, haben wir Ihnen das Leben als Pfarrer zum Teil sehr schwer gemacht. Daß wir unsere Tochter aus dem Konfirmandenunterricht nahmen, war eine der Scheußlichkeiten, die wir Ihnen zugefügt haben. Jetzt wissen wir, daß das alles unsererseits nicht in Ordnung war, es tut uns sehr leid, und wir bitten Sie sehr herzlich um Vergebung. Wir möchten doch sehr, daß zwischen Ihnen und uns nun nichts mehr steht, was uns trennt.

Soweit der Brief. Meinem Freund sind beim Lesen die Tränen gekommen. Alles stand plötzlich vor seinen Augen, was damals war. Ja, diese Leute hatten es ihm schwer gemacht, wie so mancher es einem Pfarrer tut, berechtigt oder unberechtigt. Aber hier hatte Gott ein Wunder getan, wider Erwarten. Über Jahre und eine Strecke von tausenden Kilometern hinweg war der Wunsch und die Bitte zur Versöhnung gekommen. Eine solche Bitte darf nie überhört oder gar ausgeschlagen werden. Viele Menschen dürften die Bitte im Gebet des Herrn nicht beten: »Vergib uns unsere Schuld, wie wir vergeben unseren Schuldigern«, weil sie einfach zur Versöhnung nicht bereit sind. Vergebung und Versöhnung sind ganz wichtige Ereignisse zwischen dem Menschen und Gott, aber auch zwischen den Menschen. Gott kann dich nicht segnen, Gott kann dich nicht annehmen, wenn du nicht zur Vergebung und zur Versöhnung bereit bist. Vielleicht fällt dir gerade jetzt ein Mensch ein, mit dem du im Unfrieden lebst. Zögere nicht, den ersten

Schritt auf ihn zu zu tun. Wenn der andere plötzlich stirbt, ist es zu spät, denn an Gräbern ist eine Wiedergutmachung nicht möglich. Da wo Versöhnung ist, kann die Freude und das Glück einziehen. Jesus Christus hat dies für uns am Kreuz getan, daß nun zwischen uns und dem heiligen Gott nichts mehr stehen muß. Wir sollten es immer wieder untereinander tun. Dies sind Zeichen des Friedens in dieser friedlosen Welt.

Die verlorene Brosche

»Stellen Sie sich vor, ich habe meine Brosche wiedergefunden«, sagte mir eine Frau, in deren Haus als ich zur Bibelstunde gekommen war. Sie war ein Andenken an ihre Mutter, nicht sehr groß, aus Silber. Andenken hat man besonders lieb und hält sie in Ehren, sind sie doch oft eine Erinnerung an einen lieben Menschen. Es war im letzten Winter, Schnee war gefallen. Frau S. nahm ihren Besen zur Hand und fegte die Treppe am Eingang des Hauses. Als sie wieder im warmen Zimmer war, stellte sie entsetzt fest, daß sie die Brosche verloren hatte. Nun ging das Suchen los, stundenlang und hin und her. Dann mußte sie sich nach und nach damit abfinden, die Brosche ganz verloren zu haben. Das ist immer eine schmerzliche Feststellung, man gibt dann schließlich resigniert die Suche auf. Nun war es Sommer. Frau S. war täglich in ihrem geliebten Garten tätig, alles mußte schön und ordentlich aussehen. Zuletzt wurde dann noch der Besen herbeigeholt und der Gartenweg gekehrt. Gerade als sie die Borsten des Besens von Grashalmen säubern will, spürt sie, daß tief in den Borsten etwas steckt. Sie greift zu, zieht es heraus und siehe, es ist die verlorene Brosche. Oh, ist die Freude groß. Nun geht sie schnell ins Haus, und das Reinigen beginnt. Jeder, der kommt, muß es wissen: »Die Brosche ist wiedergefunden, das Erbstück von meiner Mutter«.

Wer von uns hat nicht schon eine solche Wiedersehensfreude erlebt bei wiedergefundenen Dingen, die wir gerne hatten. Oft verliert man auch unwichtige Dinge, einen Nagel unter vielen, eine Stecknadel oder Reißzwecke. Diese sind durch andere zu ersetzen, fallen nicht ins Gewicht, man kann auf sie verzichten, weil es ja noch viele andere gibt. Anders ist es bei Dingen, die man lieb hat, auf die man nicht verzichten möchte. Unser Gott hat uns alle lieb. Er möchte auf keinen von uns verzichten. Wir sind ihm verlorengegangen, aber nicht durch seine Schuld. Wir leben durch unsere Sünde von ihm getrennt. Jesus nennt das »Verlorensein«. Er hat auch in einigen Gleichnissen diesen Zustand des natürlichen Menschen angesprochen. Dabei hat er die große Freude des Wiederfindens besonders betont. Wir alle sind Gott so wertvoll, daß er alles daran setzt, uns zu finden, egal in welchem Schlamm wir stecken oder in welcher Gosse wir liegen. Es kommt aber ganz darauf an, ob wir uns auch von ihm finden lassen wollen. Da, wo das geschieht, hebt er uns heraus, reinigt uns von allem Schmutz und macht uns zu seinen Kindern. Es ist so, wie wenn ein König aus seiner Krone einen Edelstein verloren hat. Dieser ist in den Schlamm gefallen. Nun sucht er selbst so lange im Schlamm, bis er ihn gefunden hat. Er hebt ihn auf, reinigt ihn und befestigt ihn in seiner Krone. Da ist der Platz des Edelsteines, nicht im Schlamm. Hier kann er glänzen und strahlen zur Freude des Königs. Da gehören wir auch hin, in die Krone des Königs. Ob du, lieber Leser, dich schon von Jesus hast finden lassen? Weiche seinem Suchen bitte nicht aus, damit dein Platz in seiner Krone nicht leer bleibt.

Die Lebenswende

Er war ein selbstbewußter Mann und stolz auf seine Tüchtigkeit und seinen Fleiß. Sein Leben und seine Zukunft wollte er schon selbst in die Hand nehmen. Dazu brauchte er niemand, nicht einmal Gott, wenn es ihn überhaupt gäbe. Er war stolz auf seine Frau, die mit ihren neun Jahren jünger immer gut aussah. Sie hatten eigentlich eine glückliche Ehe und achteten darauf, daß dieses Glück Bestand hatte. In Deutschland sahen sie für sich keine großen Möglichkeiten, ihr Leben so zu leben, wie sie es sich vorstellten, darum hielten sie Ausschau nach einer neuen, sinnvollen Bleibe. Südafrika, das war es, was sie reizte. Zunächst fuhr der Mann dorthin, um sich an Ort und Stelle die zukünftige Heimat anzusehen. Die Reise verlief positiv mit dem Ergebnis, daß beide nun schnellstens der neuen Heimat zustrebten. Hier hatten sie nun sehr schnell Fuß gefaßt, Freunde gefunden, und ihr Wunschtraum nach einem neuen, sinnvollen Leben schien sich nach und nach zu erfüllen. Es war also richtig, daß sie diesen Schritt getan hatten, nun galt es, alles zu tun, um das Glück zu bewahren. Beim Duschen spürte die Frau eines Tages einen Knoten in der Brust. Sie erschrak verständlicherweise sehr. Schon bald hatte sie einen Termin beim Arzt. »Zu 99 % ist es nichts Gefährliches«, lautete die Diagnose. »Aber wir wollen trotzdem kein Risiko eingehen und doch die Gewebeprobe machen lassen«, meinte der Arzt. Auch im zuständigen Krankenhaus war bald ein Termin frei.

Es wird schon alles gut sein, so trösteten sich die Eheleute untereinander. »Wir werden das schon schaffen und lassen uns von nichts und niemand unterkriegen«, meinte besonders lautstark der Ehemann. Zuversichtlich hatte sich die Frau auf den Operationstisch gelegt. Rein routinemäßig hatte sie auch eine Unterschrift geleistet, daß sie auch mit einer nötigen Operation einverstanden wäre. Man mußte ja manche Formalitäten über sich ergehen lassen. Als sie dann später zu sich kam, sah sie ihren Mann mit einem sehr ernsten Gesicht an ihrem Bett sitzen. Er wäre ja sowieso gekommen, aber der Arzt, der die Operation durchführte, hatte ihn angerufen. Und dann kam auch für die Frau die Stunde der Wahrheit: Brustkrebs. Sofort nachdem das Ergebnis der Gewebeprobe feststand, wurde die betroffene Brust entfernt. Nun stürzte für beide eine Welt ein. Wie konnte und durfte das sein? Wer konnte es wagen, in ihr Glück einzubrechen und es ihnen streitig zu machen?

Als der Mann dann später allein in seiner Wohnung war, war er am Ende seiner Fassung und seiner Kräfte. Wenn seine Frau nun starb, was würde dann alles noch nützen? Sein Hochmut und seine Selbstsicherheit brachen in sich zusammen. Was sollte er nun tun? Verzweifelt warf er sich auf seine Knie und schrie zu Gott. Er schrie zu dem Gott, an den er nie geglaubt hatte und ohne den er sein Leben gestalten wollte. Sein Schreien zu diesem Gott wurde gleichzeitig zur Übergabe seines Lebens an ihn. Eine Übergabe ohne Forderungen und ohne Bedingungen, so sollte es sein. Christus selbst hat einmal gesagt: »Wer zu mir kommt, den werde ich nicht hinausstoßen.« Nachdem der Mann sein Leben Jesus Christus übergeben hatte, kam Friede und Ruhe in sein Leben. Er hatte seine Ängste und Sorgen an den abgegeben, der allein damit fertig wird. Als er am nächsten Tag zu seiner Frau in das Krankenhaus kam, entdeckte sie sofort eine Veränderung ihres Mannes. Sie selbst war nie ganz ohne Gott gewesen, in jener ersten Nacht nach der Operation hatte auch sie sich ihm ganz zugewandt. Zwischen Hoffen und Bangen vergingen die Tage im Krankenhaus und dann auch später zu Hause. Das neue Leben mit Gott verlieh beiden jedoch Ruhe und Geborgenheit. Auch die neugewonnenen Freunde wußten es bald, daß sich in dieser Ehe etwas verändert hatte. Es kam bei zukünftigen Begegnungen zu tiefen Gesprächen über den Sinn des Lebens und über Tod und Ewigkeit. Die Bibel wurde nun zur wertvollsten Lektüre, und das junge Pflänzlein Glaube begann zu wachsen. Erfüllt von großer Dankbarkeit und Freude luden die beiden Christen nun Menschen in ihre Wohnung ein, um mit ihnen über den Glauben an Jesus Christus zu sprechen und um sie zu dem Gott einzuladen, der ihnen so wunderbar begegnet war und dem sie jetzt ganz gehörten. Es sind nun einige Jahre vergangen, der Krebs hat sich nicht mehr gemeldet. Dankbaren Herzens legen die Eheleute immer wieder neu ihr Leben in Gottes Hände. Wenn sie nun ihre Europareise antreten und dabei viele Bekannte und alte Freunde treffen, haben sie viel zu erzählen. Das Wichtigste wird ihnen jedoch sein, von ihrer Lebenswende zu berichten.

Es war unsere Putzfrau

Es war nach dem Kriege. Das Leben in der Stadt war nicht leicht, denn es fehlte an allem. Sie hatten nur eine Tochter, jene einfachen Leute. Manches hatten sie auf dem Lande für Eßbares umgetauscht. Neue Sachen konnte man sich nicht leisten, nachdem das Haus nach den Bombenangriffen an vielen Stellen reparaturbedürftig war. Dann hatte sie der Lehrer ihrer Tochter angesprochen. »Sie müssen Ihre Tochter unbedingt zum Gymnasium schicken, sie ist so begabt.« Dies kostete ja auch wieder Geld, aber sollte man dem einzigen Kinde die Zukunft verbauen? Nein, das durfte nicht sein! So sagten sie schweren Herzens zum Vorschlag des Lehrers ja. Nun mußte noch mehr gespart werden. Die Zeugnisse der Tochter jedoch belohnten ihre Sparsamkeit. So vergingen die Jahre, das Abitur stand bevor, die Tochter lernte fast Tag und Nacht. Sie wollte es unbedingt »gut«, ja wenn möglich »sehr gut« schaffen. Eines Morgens, als das Mädchen in letzter Minute die Straßenbahn zum Gymnasium erreicht hatte, stellte die Mutter erschrocken fest, daß ihre Tochter in der Eile wichtige Bücher hatte liegen lassen. Schnell zog sie ihren schon älteren, einzigen Mantel an, um mit der nächsten Straßenbahn der Tochter die Bücher nachzubringen. Als sie beim Gymnasium ankam, war gerade Pause. Überall standen Grüppchen beieinander, andere liefen unter sehr viel Lärm hin und her.

Doch dann hatte sie plötzlich ihre Tochter entdeckt, sie stand mit einigen jungen Leuten in lebhaftem Gespräch zusammen. Schnell eilte sie auf die Gruppe zu, überreichte nach kurzem Gruß ihrer Tochter die Bücher und entfernte sich rasch. Die Straßenbahn fuhr in wenigen Minuten wieder, sie wollte sie unbedingt erreichen. Als die Mutter sich von der Tochter entfernt hatte, wurde diese von den Mitschülerinnen gefragt, wer diese Frau denn gewesen wäre? Sie sagte ohne lange zu überlegen ganz schnell und nachdrücklich: »Das war unsere Putzfrau!« Sie hat sich ihrer Mutter geschämt, die mit dem abgetragenen Mantel, der einfachen Frisur und den schon etwas ausgetretenen Schuhen, so plötzlich aufgetaucht war. Dabei hatte sie ganz vergessen, warum die Mutter so einfach war. Ohne das Sparen der Eltern wäre sie schulisch nicht so weit gekommen. Dieses Verhalten verschlägt einem fast den Atem. Wie kann ein Mensch so sein?

Jesus sagt einmal. »Wer sich meiner und meiner Worte schämt, der ist mein nicht wert!« Und weiter: »Des wird sich auch des Menschensohn schämen am jüngsten Tage.«

Es ist nicht ganz leicht sich in dieser Welt zu Jesus Christus zu bekennen. Seinen Namen zu nennen, stößt oft auf sehr massiven Widerstand. Paulus spricht davon, daß er denen ein Ärgernis ist, die nicht an ihn glauben. Je lieber ich Jesus habe, um so fröhlicher und dankbarer werde ich mich zu ihm bekennen. Er kam in unsere Niedrigkeit, wurde arm um unseretwillen, damit wir für ewig reich würden.

Der Ziegelstein auf der Kanzel

Kirchenschläfer hat es schon immer gegeben. Sie sind für den, der predigt, ein Ärgernis. Doch denke ich dabei auch an die Bauern auf dem Dorfe. Es ist dann nicht verwunderlich, wenn jemand die ganze Woche auf dem Felde in der frischen Luft gearbeitet hat und dann still in der warmen Kirche sitzt und ihm dabei die Augen zufallen. Ich meine, lieber in der Kirche einmal schlafen, als gar nicht da sein. Sicher ist dieser Ausspruch umstritten mit dem Argument, wer nichts hört, der ist auch nicht da.

Nun, in jener Gemeinde, von der ich jetzt berichte, war es schon fast krankhaft mit dem Schlafen. »Was kann ich nur tun? Predige ich zu leise oder zu langweilig, weil so viele schlafen«, fragte der Pfarrer sich immer wieder. Dann kam ihm plötzlich die Idee mit dem Ziegelstein. Die Gottesdienstbesucher waren an jenem Sonntag ganz überrascht, als der Pfarrer einen Ziegelstein mit auf die Kanzel nahm. Er legte ihn so hin, daß alle ihn sehen konnten. An diesem Sonntagmorgen schlief keiner. Alle warteten darauf, daß der Pfarrer etwas zu dem Ziegelstein sagte oder etwas damit tat, aber es geschah nichts. Der Ziegelstein hatte zunächst seine Wirkung getan, das freute den Pfarrer sehr. Doch es sollte eine Langzeitwirkung sein. In der kommenden Woche sprach es sich in der Gemeinde herum, was der Pfarrer mit dem Ziegelstein eigentlich vorhatte. Er wollte auf den ersten Schläfer mit dem Stein werfen. »Wie kann der Pfarrer so etwas Brutales tun, er wirft ja einen tot«, so sagten einige. Andere meinten, er tut es doch nicht. Aus Neugier, wer nun das erste Opfer sein würde, kamen am darauffolgenden Sonntag viele, so daß die Kirche fast voll war. Wieder sagte der Pfarrer nichts zu dem Stein. Der lag an seinem Platz auf der Kanzel. Nun schauten sich die Gottesdienstbesucher gegenseitig an, einer paßte auf den anderen auf. Wenn der Bauer Karl nur begann mit den Augen zu zwinkern, stieß ihm sein Nachbar Wilhelm in die Seite und flüsterte: »Paß auf, Karle, de Parrer werft.« Er bangte dabei ebenfalls um sein Leben, denn er wußte ja nicht, ob der Pfarrer beim Werfen auch den Richtigen treffen würde. So fühlten sich alle in Gefahr und keiner schlief mehr. Wie lange diese Methode gewirkt hat, weiß ich nicht, und wo es war, weiß ich auch nicht.

Vieles im Leben kann man verschlafen. Es ist ja auch bemerkenswert, daß jeder Mensch etwa ein Drittel seines Lebens schläft. Schlaf ist gut und auch gesund, aber verschlafen kann verhängnisvoll sein. Wer verschläft, verpaßt meistens etwas Wichtiges. So kann auch der Mensch seine ewige Seligkeit verpassen. Das ist ein Fehler, der nie wieder gut zu machen ist. Aus diesem Grunde steht auch mehrmals in der Bibel der Aufruf: »Darum wachet, denn ihr wisset nicht, wann euer Herr kommen wird.«

Ein völlig veränderter Mensch

Diese Geschichte kann ich nur nacherzählen. Leonardo da Vinci war ein besonders begabter Mensch. Er lebte von 1452–1519. Auf eines seiner berühmten Bilder möchte ich eingehen. Es ist das letzte Abendmahl Jesu mit seinen Jüngern. An eine große Wand in einem entsprechenden Raum hat er es gemalt. Die einzelnen Personen, 13 an der Zahl, hat er in Lebensgröße dargestellt. Als er den Christus in der Mitte malen wollte, machte er es sich nicht leicht. Er ging in die Stadt, wo er Menschen begegnete, setzte sich auf Bänke und beobachtete sie. Er mußte einen finden, der so aussah, wie Jesus ausgesehen haben könnte, liebevoll, gütig, freundlich und gewinnend. Er suchte lange, doch endlich war er am Ziel. Er bat jenen Mann, den er erwählt hatte, mit ihm zu kommen. An Ort und Stelle malte er diesen besonderen Menschen auf sein Bild. Er hatte nun erst sieben Personen gemalt. Judas sollte ganz nach rechts außen, fast an den Bildrand. Ich glaube, daß zwei Jahre vergangen waren, bis er den Verräter malen konnte. Wieder war er in der Stadt unterwegs.

Diesmal ging er dahin, wo sich die zwielichtigen Gestalten, die Landstreicher und im Leben gescheiterten Menschen aufhielten. Er brauchte diesmal nicht lange zu suchen, bis er den fand, von dem er meinte, so könnte der Judas an jenem letzten Abend ausgesehen haben, als er Jesus verriet. Auch dieser Mann kam mit ihm. Er gab ihm zu essen und zu trinken und malte ihn an die Wand. Es dauerte sehr lange, bis die beiden Männer ins Gespräch kamen. Nur zögernd offenbarte sich der Fremde dem Künstler. War er wirklich ein Fremder? Nein, er war es nicht, denn es war derselbe Mann, den er vor zwei Jahren als Christus gemalt hatte. Dem Künstler hat es die Sprache verschlagen. Wie war es möglich, daß ein Mensch sich so verändern konnte?

Ja, die Sünde und damit das Lasterleben verändern den Menschen. Während der Glaube an Jesus Christus einen Menschen erneuert und zum Guten verändert, zerstört die Sünde einen Menschen und macht sein Leben kaputt. Der Teufel verspricht dem Menschen, so wie auch damals dem Judas alles Glück der Erde. Das ist immer eine Lüge. Am Ende steht dann ein ruiniertes Leben, das an seinen Süchten und Leidenschaften zugrunde geht. Bei Gott aber gibt es keine hoffnungslosen

Fälle, er kann auch aus einem Knecht der Sünde und der Laster einen neuen Menschen machen. Das ist jedesmal ein Wunder. Jeder Mensch braucht Jesus, auch wenn er nicht in der Gosse gelandet ist, wie jener Mann, der den Judas darstellte. Wir alle brauchen den Retter und Heiland, um in alle Ewigkeit glücklich zu werden. Dieses Glück ist keinesfalls eine Vertröstung auf das Jenseits, nein, schon hier beginnt es, da wo Menschen durch Jesus Christus die Vergebung ihrer Sünde und Schuld haben. Es ist keine Sünde und Schuld zu groß, daß sie nicht vergeben werden könnte. Das ist ein einzigartiges unbeschreibliches Wunder, für das man nur danken kann.

Tote Zeugen

Dieser Tage war in der Zeitung zu lesen, ein Bild war auch dabei, daß ein toter Mensch in einem Gletscher gefunden wurde. Das war eine Sensation. Sofort waren die Fachleute zur Stelle, um diesen interessanten Fund zu untersuchen. Es war ein Mann aus ferner Zeit. 4000 Jahre alt könnte er sein, so die Wissenschaftler. An seiner Kleidung und an dem, was er sonst noch bei sich hatte, konnte man Auskunft darüber erhalten, wie er lebte und was er tat. Sehr lange hatte ihn das Eis festgehalten und in seiner Kälte erhalten. Das Rätselraten um diesen Mann wird sicher noch eine Weile die Fachleute beschäftigen, doch bis ins letzte wird man sein Leben und Sterben nicht aufklären können.

Bei diesem neuerlichen Fund wurde ich an eine andere Entdeckung erinnert, die in den sechziger Jahren bekannt wurde. Ein Schiff, das in den nördlichen Gewässern des Atlantik kreuzte und in Richtung Amerika fuhr, stoppte plötzlich die Fahrt. Vom Ausguck aus hatte man auf der See einen schwarzen Punkt entdeckt. Es wurde ein Boot ins Meer gelassen, das mit einigen erfahrenen Seeleuten auf den schwarzen Punkt zusteuerte. Wie erstaunt war die Mannschaft, einen toten Mann vorzufinden, der in seinem schwarzen Anzug auf den Wellen trieb. Vorsichtig wurde der Tote an Bord des großen Schiffes gebracht. Als er dort nun näher betrachtet wurde, stellte man mit Erstaunen fest, daß seine Kleidung höchst unmodern war. Seine Kleidung paßte nicht in unsere Zeit. Smoking, Hemd, Kragen, Schuhe und Strümpfe, ebenso die Unterkleidung waren eher in den Anfang unseres Jahrhunderts zu datieren. Nach langem Hin und Her und dem Zuzug von Wissenschaftlern, kam man zu einem höchst interessanten Ergebnis. Der Tote mußte von der Titanic stammen, jenem stolzen Schiff, das hier in der Nähe im Jahre 1912 an einem Eisberg zerschellte und sank. Durch besondere Umstände war der Mann mit Eis in Berührung gekommen, das ihn Jahrzehnte festhielt und nun losgelassen hatte.

In beiden Fällen geht es um tote Zeugen einer längst vergangenen Zeit. Diese Männer konnten nichts mehr berichten über ihr Leben und die Umstände ihres Unglückes. Die Nachwelt, die sie fand, war angewiesen zu rätseln und zu untersuchen, wie alles gewesen sein könnte. Ein Zeuge ist der, der sieht, hört, erlebt und somit am Ort eines Ereignisses dabei war. Das sagen die Jünger Jesu von sich. Sie haben alles an Ort und Stelle miterlebt, was Jesus getan, was er geredet und wie er gelebt hat. »Ihr sollt meine Zeugen sein«, so wird es von Gott all denen aufgetragen, die an ihn glauben und mit ihm leben. Er braucht lebendige Zeugen. Viele, die sich noch Christen nennen, stehen nur noch in der Kartei einer Gemeinde, ansonsten halten sie von Kirche und christlicher Gemeinde und gar von Gott nichts. Jemand hat einmal solche als Karteileichen bezeichnet. Das ist ein schlimmes Wort und ein gefährlicher Zustand. Wer an Jesus Christus glaubt, wird immer ein lebendiger Zeuge sein wollen.